群青の闇

薄明の絵師

三好昌子

時代小説文庫

角川春樹事務所

群青の闇

薄明の絵師

三好昌子

時代小説文庫

角川春樹事務所

群青の闇

薄明の絵師

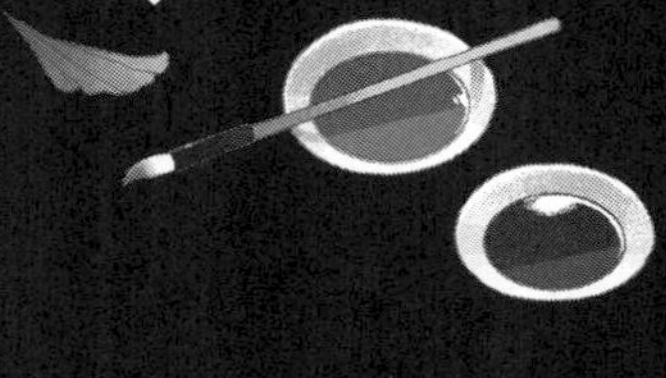

――天無日月星
地無草木花
惟在群青闇
我見狂神舞――

(天に日月星《じつげつせい》無く、地に草木花《そうもくか》無し。
ただ群青《ぐんじょう》の闇《やみ》在りて、我、狂神舞うを見る)

其の一

朱が畳一面に流れ、水たまりを作っていた。諒《りょう》の手はすでに赤く濡《ぬ》れている。眼前に襖《ふすま》があった。諒は掌《てのひら》をその襖に押し当てた。墨を手につけて、障子《しょうじ》や板壁に絵を描くいたずらは、これまで何度もやった遊びであった。大抵母に止められる。だが、父は満面に笑みを浮かべて、彼の描く世界を見ていた。

手を離すと、そこに一片の花弁が生まれた。今度は両手を絵具に浸し、力を込めて押し付けた。幾度か繰り返すうちに花弁は赤い芍薬《しゃくやく》になった。それが面白く、諒は幾つも芍薬の花を描いた。

いつもは止める筈《はず》の母も、「上手や」と褒《ほ》めてくれる父も、なぜか横たわったままだ。二人は赤い絵具に全身を染めて、諒の足元で眠っている。

誰《だれ》にも邪魔されずに絵が描ける喜びが、これほど不安と恐怖に満ちていることを、諒は初めて知った。五歳の頃《ころ》のことである。

毎年、梅雨《つゆ》も半ばに入る頃、長崎問屋「唐船屋《からふねや》」の庭には、何本も立葵《たちあおい》の花が咲く。丈は五尺（約一五二センチ）近くにもなり、紅や赤紫、白色の花を幾つもつける。天を突く剣にも似て、凜《りん》としたその立ち姿は、諒の心を摑《つか》んでなかなか放そうとはしない。

夜湖《やこ》は白い花をことに好んだ。理由を尋ねると、白い立葵は諒に似ているからだと言う。

――決して、他の色に染まろうとせえへんところ――

――頑固者てことか――

たわいもない会話を思い出しながら、諒は改めて立葵の一群れに視線を戻した。そこには海松色《みるいろ》をした、虎《とら》のような縞《しま》の母猫がいる。母猫は葉影に寝そべりながら、物ぐさそうに長い尾を左右に揺らしていた。ゆったりと動く母猫の尾は、子猫には格好の獲物らしい。小さな前足で必死に押さえつけようとしている。

子猫は二匹いた。一匹は母親とそっくりな虎猫だが、もう一匹は真っ白な毛色だ。やがて虎猫は遊びに飽いたのか、母猫の懐《ふところ》に潜《もぐ》り込んで乳を吸い始めた。母猫の尾も動かなくなり、間もなく眠そうに両目を閉じてしまった。

白い子猫は退屈そうに母猫の側《そば》を離れ、蹲《つくばい》の方へ近寄って行った。丸い器の形に岩を穿《うが》った蹲は、苔《こけ》むした石組の上に載っている。少しばかり躊躇《ためら》う様子を見せてから、子猫は苔にしっかりと爪《つめ》を立てて、石をよじ登り始めた。

何度かすべり落ちながらも、ようやく蹲の縁《へり》にしがみつく。それから怖々とした様子で水面を覗《のぞ》き込んだ。

そこに何を見たのだろうか……。

さらに身を乗り出そうとした子猫は、次の瞬間、ぽしゃんと水に落ちてしまった。子猫は這《は》い上がろうともがいている。

咄嗟《とっさ》に諒は縁から降りると、両手で子猫をすくい上げた。いきなり現れた人間に、子猫は怯《おび》える風もなく、きょとんとした顔で諒を見上げている。

着物の袖《そで》で濡れた身体《からだ》を拭《ふ》いてやると、やっと小さな声でニアと鳴いた。

「お礼のつもりか」

笑って、子猫を母猫の傍らに置いてやる。母猫はうっすらと目を開け、胡散臭《うさんくさ》げに諒を見つめていたが、すぐにまた眠りに落ちてしまった。

白い子猫は兄弟に身を寄せて、安堵《あんど》したように母猫の乳に吸いついた。

「やっと来てくれはったんどすなあ」

弾んだ声が聞こえた。夜湖だ。振り返ろうとして、ふと蹲が目に入った。水面に子猫の見ていたものが映っている。

それは異国の青磁にも似た、白群色《びゃくぐんいろ》の空であった。


夜湖は諒に座敷に上がるように言った。屋内は夏用にしつらえられていて、日差しを遮る簾《すだれ》の建具や御簾《みす》が、畳の上に涼しげな影を落としている。

奥庭に面した座敷に入った途端、夜湖は待ちかねたように諒にしがみついた。

「ちっとも来てくれへんさかい、寂しゅうおした」

「ここのところ、忙しゅうてな」

ひと月ばかり、諒は寺の本堂と広間の襖絵に掛かり切っている。その上、狩野家《かのうけ》贔屓《びい》《き》の商家からは、屛風絵《びょうぶえ》の依頼が彼の名指しで来ていた。

二年前の明和《めいわ》四年（一七六七年）、諒は、五代目狩野永博《えいはく》の婿養子に入り、六代目永《えい》諒《りょう》を名乗るようになった。義父の永博は八十歳を超えてなお、矍鑠《かくしゃく》としていた。長身痩軀《そうく》の身体は未《いま》だ健在で、画業の腕も衰えてはいなかったが、最近では、作業の差配を諒に任せることが多くなっていた。

諒の妻となった音衣《ねい》は、永博が五十七歳の時にやっと儲《もう》けた一人娘だった。

五歳で両親と死別した諒は、夜湖の父、長崎問屋「唐船屋」宗太夫《そうだゆう》に育てられた。

宗太夫は、しがない町絵師だった諒の父親の贔屓筋でもあった。宗大夫は諒の画才を見抜き、彼が八歳になる頃、狩野永博の許《もと》に弟子入りさせた。

自らの手で絵師として育て上げた諒を、永博は迷うことなく音衣の婿にした。諒が二十七歳、音衣が二十三歳の時だった。

宗太夫が逝ったのは、その前年の明和三年のことだ。後に残す娘を案じ、くれぐれも頼むと諒に言い残していた。宗太夫には父の代から受けた恩がある。彼が引き取られた時、産まれて半年だった夜湖は、以来、妹のような存在でもあった。

その妹が、いつから女になってしまったのだろうか。

諒自身にもよく分からない。ただ夜湖の方は、最初から彼を兄で終わらせる気はなかったようだ。その想《おも》いの強さに、負けたと言えば、言えなくもなかったが……。

夜湖は両腕を諒の首に巻きつけた。眦《まなじり》のやや切れ上がった大きな目が、じっと諒を見上げている。

その眼差《まなざ》しの強さに、諒はいつも圧倒された。それは、夜を支配する獣の目を思わせて、美しい。

夜湖は華奢《きゃしゃ》な身体つきをしていた。だが胸は豊かで、腰もしっかりと張っている。髪を結うのを嫌い、紅絹《もみ》で束ねていた。情を交わす時、諒は決まってその紅絹を解《ほど》く。

白い裸身に、艶《つや》やかな黒髪が流れ落ちる。ほっそりとした首筋、乳房の膨らみ、なだらかな腹、盛り上がる腰、太腿《ふともも》から伸びる脚の線……。それらを指でたどり、掌で探っていると、やがて肌はしだいに熱を帯びて来る。

夜湖は諒を抱き寄せた。だが、夏の日盛りのような女の熱に焦がされながらも、諒の頭の中には、一欠片《ひとかけら》の氷が居座っていた。

様々な女の姿態が脳裏に浮かぶ。それらは、ある時は羽衣を翻《ひるがえ》して舞う天女であったり、大和絵《やまとえ》に描かれるような美女になる。

画紙に描くか、絵絹にするか……。彩色は？

（水墨にするか……）

突然、夜湖の両手が彼の顔を挟んだ。潤んだ目が、咎《とが》めるように見つめている。

「絵のことを考えてはったんやろ」

「夜湖には私の頭の中が見えてるようやな」

諒は笑った。

「よう見えますえ。いつも絵のことしかあらへん。いっそ、諒さんから絵を奪ってしまいとうおす」

「絵が描けんようになったら、私の価値は無《の》うなる。狩野家にいる意味もあらへん」

「永博先生に見限られたら、諒さんはうちの所へ来てくれますやろ。音衣様も狩野家が継げへん男とは縁を切らはります」

「そうなって欲しいのか」

「もし、そないなことになったら……」

夜湖は一瞬目を伏せてから、再びまっすぐに諒を見た。

「諒さんや無うなりますなあ」

夜湖は諒の身体を抱き締めた。

「せやけど、今は、うちのことだけを考えておくれやす」

——あの時の光景は、今でも忘れられへん——

生前、宗太夫は顔を強張《こわば》らせて諒に語った。

——わてが栄舟《えいしゅう》はんの家を訪ねた時、部屋の中は血の海やった。その中に栄舟はんとお前の母のお瑶《よう》さんが倒れとってな。あまりの凄《すさ》まじさに、わては声も出せんかった——

我に返った宗太夫は諒の姿を探した。幼子の安否を気遣ったのだが、案ずるまでもなく、子供は同じ部屋にいた。

——お前は襖の前におった。わてを振り返り、こう言うた。「おっちゃん、どうや、上手に描けたやろ」――

諒が物心ついた頃から、宗太夫は栄舟の許に出入りしていた。

――襖には芍薬の花が一面に咲いとった。子供の小さな手が、血を絵具にして描き出したんや――

――私を、怖いとは思わへんかったんですか――

諒は唐船屋に引き取られたばかりの頃、使用人たちの噂話《うわさばなし》を何度も耳にしていた。

――二親《ふたおや》が殺されてんのに、泣きも喚《わめ》きもせずに親の血で絵を描いていたんやて――

恐ろしそうに自分を窺《うかが》う目を、諒は幾つも知っていた。

――それはもう怖かったわ――

宗太夫は大きく頷《うなず》いた。

――せやけど、お前を恐ろしいとは思わなんだ。むしろ、この子はほんまもんや、てそない思うたんや――

この子は腕のええ絵描きになる、そう確信したからこそ、宗太夫は狩野永博に諒を委《ゆだ》ねたのだ。

――お前の父親の栄舟はんは、元々永博先生の弟子やったんや。それが破門されてしもうて……。いずれは京の狩野派を背負って立つ絵師になる、そこまで言われてはっ

たんやけどな。まあ、そんな栄舟はんの子や。永博先生も縁を感じてはったんやろ
――

父親が破門になった経緯《いきさつ》は、結局教えては貰《もら》えなかった。

――いずれ、お前が大人になった時に……――

その約束は果たされないままだ。

狩野家を出た栄舟は一介の町絵師となった。狩野家を破門になった経歴は後々までついて回る。当然、大きな仕事は貰えない。唐船屋が支えてくれなければ、絵で身を立てるのも困難であったろう。

――わては栄舟はんの絵が好きどしてな。誰にも媚《こ》びひん気骨のようなもんがあって。筆使いなどは、京の狩野家の祖、山楽《さんらく》の師やった永徳《えいとく》を思わせるもんがおましたな
――

長崎問屋の中でも、「唐船屋」は「亀屋《かめや》」に次ぐ大店《おおだな》だった。その豪商が後見人であることは、栄舟にとっても心強かったに違いない。

そろそろ未《ひつじ》の刻《こく》（午後二時頃）を過ぎた頃だ。しばらく眠っていたらしい。諒は半身を起こすと、脱ぎ捨ててあった着物に手を伸ばした。諒もまた、髪は結わないので、

長い髪が額に乱れ掛かる。髪を掻《か》き揚げながら傍らを見ると、夜湖が穏やかな寝息を立てていた。

緩やかな山の稜線《りょうせん》を思わせる裸身を、天竺更紗《てんじくさらさ》で仕立てた単衣《ひとえ》が申し訳程度に覆っている。薄い柿色《かきいろ》の地に、鮮やかな緋色《ひいろ》や緑色で図案化した草木が描き出してあった。異国の柄らしく獅子《しし》の図が混じっているのも面白い。天竺やカラパで作られる更紗は、阿蘭陀《オランダ》船で出島《でじま》に運ばれて来る。高価な布を気軽に身につけるのも、長崎問屋の女主人らしい。

簾を上げて廊下に出てみると、すでに子連れの猫はいなかった。昼寝にも飽きて、餌《えさ》でも探しに行ったのだろう。

諒は隣の座敷へ入った。そこは、普段、彼が画室として利用している部屋だ。文机《ふづくえ》の上には、京焼の水差しが置いてある。茶道具として使用する大ぶりな物だ。中にはたっぷりと水が入っている。

諒はおもむろに墨を磨《す》り始めた。磨り終えると絵道具を広げた。筆を取ろうとして一瞬迷い、すぐに水差しの中に左手を浸《つ》けた。

水をすくい取り、絵絹の上に落とす。画面は丈が二尺七寸（約八二センチ）、幅は一尺（約三〇・三センチ）ほどだ。

全体に絹を水で湿らせてから、諒は細筆を取った。やや右寄りの位置に、二本の立葵を、線を生かした筆法で描いた。墨の線はたちまち滲《にじ》み、薄墨が広がる。その滲みを計算に入れ、花として残す部分には、墨が入らないようにした。外隈《そとぐま》という技法だ。

諒は筆を置くと、右手の人差し指と中指を墨に浸した。

ぬるりとした感触が、指先から全身に伝わる。その一瞬、脳裏にあの日の朝の光景が蘇《よみがえ》った。墨の濃度が、親の血に触れた時の感覚を呼び起こすのだ。

嫌悪の情が全く無い訳ではない。だが、絵を描きたい気持ちがいつもそれに勝る。夢中になれば、すべてを忘れられた。

諒は指で葉に墨を載せた。左手で水滴を垂らすと、墨はさらに滲んで葉の表面にじわりと広がった。

立葵の下には昼寝をする母猫がいる。その胸元には二匹の子猫が……。一匹は母猫と同じ虎猫で、もう一匹は紙の白さをそのまま残した。

白猫は、墨が滲むのに任せて一気に筆描きで仕上げる。

背景は薄墨をさらに水で滲ませた。青墨を使ったので、墨色がほんのりと青味を帯びている。

「立葵図どすか」

いつ起きたのか、夜湖が背後から覗き込んでいた。更紗の単衣を羽織って、前を押さえている。溢《あふ》れそうな胸乳の白さが眩《まぶ》しかった。

「午睡図《ごすいず》や」

答えると、夜湖はくすくすと笑った。

「猫の昼寝どすなあ」

それから、さらにこう言った。

「静かやなあ。音が聞こえしまへん」

絵には、立葵の葉や花を揺らす風のそよぎがない。

「これでどうや」

細筆に墨を含ませ、一枚の葉の上に雨蛙《あまがえる》を描いた。

絵の中で小さな蛙が鳴いている。カラカラカラとよく通る声だ。

「じきに雨が降りますなあ」

夜湖が耳元で囁《ささや》いた。

生糸のごとく細い雨は、立葵の花をより一層濃く染める。

「花の色は……?」

真顔になって夜湖が尋ねる。

「夜湖やったら、どないする？」

「一本は紅色、一本は白。うちと諒さんみたいに」

確かに、二本の立葵は互いに寄り添っているように見える。

「紅を貸してくれへんか」

諒が請うと、夜湖はすぐに化粧箱から紅を取って来た。小さな蓋《ふた》付きの入れ物には、内側に紅が塗りつけられている。紅花から作る顔料の艶紅《つやべに》は、口紅にも使われるのだ。

左側の花の部分に水を振りかけると、左手の指先を使って紅を塗った。ほんのわずかな紅であったが、墨色だけだった画面がたちまち華やかになった。

「うちにも塗って……」

夜湖は甘えるように言って、諒の傍らに座った。

「手が汚れてる」

右手はすでに墨に染まっている。

「かまへん」と、夜湖は諒の右手を取り、自分の頬《ほお》に押し当てた。

「諒さんの手やったら、うちの身体を幾ら汚してもかましまへんえ」

諒は小さく笑うと、左手の薬指に紅を付け、夜湖の唇をそっとなぞった。紅一つで女の顔はたちまち艶《なま》めいて来る。その赤く染まった唇が言った。

「その絵、いつものように落款《らっかん》を入れておくれやす」

「謎《なぞ》の絵師、『湖舟《こしゅう》』か……」

「その方が高《たこ》う売れます。高う売れたら、それだけ『湖舟』の価値が上がります」

「『湖舟』は、そない売れているのか？」

「『炉香会《ろこうかい》』では評判どすえ」

「炉香会」は、主に商家の趣味人が、自分たちの所有する絵画を持ちより、互いに批評し、鑑定し合う集まりだ。高評価を得た絵の持ち主が、もっとも審美眼があると認められる。当然、売買も行われた。

「今では、応挙《おうきょ》はんの次に人気どす」

「応挙？　円山《まるやま》応挙か……」

ここ数年、耳にすることが多くなった町絵師の名であった。ある大店の依頼で、とんでもない絵を描いたという。幅は、およそ一尺四寸（約四二センチ）、長さは九間（約一六・四メートル）を超える大絵巻だ。依頼主は宝物のように抱え込んで、親しい知人にしか見せてはいないので、諒は噂でしか知らないが、京都から大坂間の淀《よど》川の両岸を描いた、それは壮大な物だと聞いている。

応挙の画風にしても、狩野家が長年培《つちか》って来た物とは違って、何やら斬新《ざんしん》な物であるらしい。

諒はまだ会ったことはないが、話を聞くだけでも妙に心が騒ぐ。

「応挙が『炉香会』に関《かか》わっているのか？」

尋ねると夜湖は、「さあ」というように首を傾《かし》げた。

「『大黒屋《だいこくや》』さんが、よう持ち込んで来はるんどす。うちも見ましたんやけど、えらい達者な筆使いどすなあ。西洋の技法まで取り入れてはるらしゅうて、確かに新しいもんは感じます。せやけど、気品は湖舟の方が上どすなあ」

夜湖の目利きは、父親譲りだ。絵に関して贔屓はないことは諒もよく知っている。

「炉香会」を創始したのは、唐船屋宗太夫だった。諒の父、栄舟の絵もここで売り買いされていた。

宗太夫亡き後は、夜湖が取り仕切っている。諒に南画を描かせ、この会に出すことを勧めたのも夜湖であった。

「応挙は新しい、か……。私はまだまだ敵《かな》わへんのやな」

「人は目新しいもんに飛びつきます。せやさかい、『大黒屋』さんも、気に入ってはるんどすわ」

そう言ってから、夜湖は何かが気になるのか、怪訝《けげん》そうに小首を傾げた。

「その『大黒屋』なんどすけど……」

「大黒屋がどないしたんや」

「えらい『湖舟』のことを聞かはるんどす。それが、しつこうて……」

夜湖は諒の顔を覗き込んだ。

「大黒屋さんを、知ってはるんと違います？」

「大黒屋」は米問屋だった。京でも有名な大店で、金貸しをしているぐらいは知っている。だが、直接会ったことはない。

「そこの主《あるじ》が孝右衛門《こうえもん》ていうて、元々、一風変わったもんを好まはるお人どす。湖舟の絵に関心があるとは、とうてい思えしまへんのやけど……」

「私の絵が、よほど変わっているのだろう」

冗談めかして諒は言った。人の好みとは不思議なもので、何が琴線に触れるのか分からない。絵師が良いと思って描いた物でも、客が気に入るとは限らないのだ。

以前、出産祝いに贈る掛け軸を頼まれたことがある。多産を意味する犬の絵を描いたが、贈られた者が犬嫌いだったという笑えない話もあった。

「評判がええんやったら結構や。絵が売れて嬉《うれ》しゅうない絵師はいてへん。それよりも、『湖舟』のこと、永博先生には……」

「承知してます。狩野派は文人趣味を嫌《きろ》うてはるさかい、二人だけの秘密どす」

夜湖は唇を諒の口元に押し付けると、「秘密は多いほど楽しゅうおすなあ」と囁いた。

其の二

結局、夜湖に足止めされて、狩野の屋敷に戻って来た頃《ころ》にはすでに亥《い》の刻《こく》（午後一〇時頃）を回っていた。

屋敷は間之《あいの》町通《まちどおり》の押小路《おしこうじ》を上がった所にある。室町通《むろまちどおり》の「唐船屋」からは、東に四町（約四三六メートル）ほど行った所だ。さほど遠い距離ではない。

小門を叩《たた》くと、「ただいま参ります」と言う声が聞こえた。閂《かんぬき》を外す音がして、小門が開いた。門を潜《くぐ》ると、そこには冬信《ふゆのぶ》の姿があった。

「今夜はお前が当番なのか？」

不思議に思ったのは、最近、夜が更けて戻る度に門を開けるのが、この年若い弟子であったからだ。年齢は十六歳だ。昨年、江戸の木挽町《こびきちょう》狩野家から弟子入りして来た、当主、栄川院典信《えいせんいんみちのぶ》の次男であった。

京の狩野家への弟子入りは本人のたっての希望だという。将軍家の奥絵師を代々務め、大名家ばかりか、京の公家《くげ》からも仕事の依頼が来る江戸の狩野家の息子が、わざわざ京の狩野家で学ぶことに、疑問を持つ者も多かった。

江戸の狩野家は、織田信長《おだのぶなが》、豊臣秀吉《とよとみひでよし》といった天下人の寵愛《ちょうあい》を受けた永徳州信《くにのぶ》の流れを汲《く》んでいる。孫に当たる探幽守信《たんゆうもりのぶ》の時代に、幕府の奥絵師となってからは、傍流も含めて隆盛を誇っていた。

一方、京における狩野家は、永徳の門人であった山楽を始祖としていた。弟子筋ということで、江戸の狩野家からは、同じ「狩野派」であっても全くの別物と見られていた。元々京では禁裏の絵所　預《えどころあずかり》を務めている土佐派《とさは》が強い。

天才と言われた永徳の画風を引き継いだ山楽、その永徳の晩年の作風にも似た絵を描いた次代の山雪《さんせつ》、画人としてよりも、研究者として名を残した三代目永納《えいのう》、洗練された公家好みの絵で人気を得た四代目の永敬《えいけい》……。皆、それぞれ京の狩野派を盛り立てようと奮闘したが、今一歩及ばないでいる。

それでも、ここまで来られたのは、公家の九条《くじょう》家と二条《にじょう》家の庇護《ひご》があったからだ。書画骨董《しょがこっとう》に目の肥えた貴族や金のある商人は、所有する作品群で己の地位や身分を示したがる。戦国の世に、名のある大名がこぞって茶道具に血道をあげたのと同じだ。彼らの要望や求めに応《こた》えるため、狩野派は多くの門人を抱えて、大掛かりな襖絵《ふすまえ》や屏風絵《びようぶえ》に力を注いでいる。

そんな中にあって、ここ数年、写生派を謳《うた》う円山応挙の起こした円山派が、徐々に力をつけていた。文人画の流行は、大店《おおだな》の旦那衆《だんなしゆう》辺りが、洒落《しやれ》っ気《け》や教養を競うのに適していた。茶室や書院造りの室内には、装飾趣味になりがちな狩野派よりも、淡泊にして奥行きのある水墨画が好まれる。

狩野派は弟子を粉本《ふんぽん》で学ばせる。それは江戸でも京でも変わらない。十年か、人によっては二十年近くかけて、徹底して手本通りに描けるよう養成するのだ。そうして、狩野派の画人として育て上げ、師匠の要望通りの筆や色使いで大画の制作に臨めるようにする。

弟子の手による物であっても、それが師匠の画風であれば、師の作品として評価されるのだ。

技術を学べば、たとえ画才がなくても絵師にはなれた。狩野家を離れても、町絵師としてそこそこ食べて行けるのだ。

だが、時には、それでは満足出来ない者も現れる。新しい画風をうち立てたところで、師匠に見込まれて養子にでもなれれば別だが、それ以外のはねっかえりは破門されるか、自ら流派を飛び出して行くしかなくなる。

最初、狩野派で学んでいた伊藤若冲《いとうじゃくちゅう》なども、我慢出来ずに辞めて行った口だった。円山応挙も、江戸の狩野派の流れを汲む石田幽汀《いしだゆうてい》の許《もと》を、早々に去ったと聞いている。

師匠の養子になるのも、運が大きくものを言う。つまり後継者に恵まれなかった場合に限るからだ。大抵は世襲だ。山楽の娘婿だった山雪は二代目を継いだが、それは、嫡男に早世されたためだ。三代目永納から五代目の永博までは実子であった。

永博の前妻には子供が出来ず、後妻を娶《めと》ってからやっと娘に恵まれた。

六代目を継いだ限りは、諒には京の狩野家を守り、後世に伝える重い責務があった。さらに門人たちの行く末も担って行かねばならない。

十六歳で、父、永敬を失い、一人でその重圧と戦い続けて来た永博は、次世代を継ぐべき人材として諒を選んだ。

今の諒に、己の心の望むままに絵を描くことは許されない。鬱屈《うっくつ》していた彼の胸の内を見抜いた夜湖は、「湖舟」の号で好きな物を描くよう勧めたのだ。

――なぜ、「湖舟」なんや――

――「舟」はお父様の「栄舟」から、「湖」はうちの名前から取りました――

夫婦になれないのなら、せめて名前だけでも添うていたいのだ、と、夜湖は言った。「夜湖」の名前は宗太夫が付けた。清国《しんこく》では、「湖」といえば「洞庭湖《どうていこ》」を指す。南宗画《なんしゅうが》を好んだ宗太夫らしい話であった。


「私は夜が遅いので、いつも兄弟子たちから門番を任されるのです」

灯火を翳《かざ》しながら冬信が答えた。彼が遅くまで熱心に粉本の模写をしていることは、諒も知っている。模写といっても、すでに幼い頃から木挽町で仕込まれている冬信には、今さら必要はない。

しかし、他の弟子たちと同じに扱って欲しいと言う本人の希望もあって、一応、教本は与えてあった。

江戸の狩野家から来たことで、随分、肩身の狭い思いをしているようだった。同じ狩野派でありながら、江戸と京は対立している。「狩野家の嫡流の血筋」の誇りが、江戸にはあるのだ。

だが、京には京の、山楽から続く誇りがあった。永徳亡き後、後継者が現れるまで狩野派を支え続けたのが山楽であったからだ。

「私の世話はええさかい、もう休みなさい」

はい、と頷《うなず》いた冬信だったが、やや間を置いてからこう言った。

「夜具は画室に用意いたしました」

諒は冬信が気に入っていた。彼が江戸を離れ、京に遊学した理由も理解出来た。冬信はもう一人の諒であった。与えられた物に飽き足らず、常に何かを探し求めている……。

その利発さを愛してはいたが、さすがに、諒と音衣の夫婦仲まで察しているのには閉口する。

祝言を挙げてから二年が経《た》つが、二人の間には一度も夫婦の営みが無い。義父の永博にも、弟子たちの前でも、形ばかりの夫婦を演じて来たが、一年前、同じ屋敷に起居するようになってから間もなく、冬信は何かに気づいたようだった。

だからと言って、師匠の私事に口を挟む訳には行かない。ただ、何も言わずとも、夜は諒の画室に床を取ってくれるようになった。

「音衣はいるのか？」

「夕刻に戻られてから、夕餉《ゆうげ》を済まされ、すでに休まれておいでです」

「ならば、声をかけるのはやめておこう」

心にも無いことを言ってから、諒は画室に向かった。

「着替えのお手伝いをいたします」

冬信は灯火を手に、先に立って歩き出した。

着替えを済ませ、冬信を下がらせる。夜具に入ろうとした時、廊下の障子《しょうじ》に灯火が映り、「いてはりますか」と、音衣の声が言った。

障子が開いて夜着姿の音衣が入って来た。諒が起き上がると、音衣は灯火を置いて、夜具の傍らにぎごちない様子で座った。

「金か」と諒が聞いた。「へえ」と音衣は頷いた。

私用の金銭は、床の間の違い棚に置いてある。諒は小袋の中から一分銀を二つと、二朱銀と一朱銀を幾つか摑《つか》んで懐紙に包んだ。

「酒をほどほどにすれば、これでしばらくは持つやろ」

音衣は礼を言うでもなく、当然の顔で金を受け取った。

「絵が売れたら返すて、あの人もそう言うてますさかい」

金に困っているのは、音衣の情人であった。

以前は狩野永華《えいか》と名乗っていた、れっきとした永博の弟子である。

腕は良く、大胆で豪放な絵を、繊細な筆致で描くのが得意であった。音衣とは随分早い内から恋仲であったらしい。永華の方も、音衣の夫となって狩野家を継ぐことを強く望んでいたようだ。

年齢も諒より二歳ほど上であった。つまり、弟子入りも諒より早い。いわば兄弟子である。いつの頃からか、永華は何かにつけ、諒と張り合うようになった。その理由が諒には全く分からなかった。

永博から娘の婿になるよう求められた時、諒は意外な気がした。人づき合いも良く、性格も明るい永華を、養子に迎えると思っていたからだ。

——永華の絵は、自分のためだけの絵や。人のためでもなければ、弟子を育てる絵でもない。一代限りの絵師としては通用するが、狩野派を背負わせるには無理がある——

問いかけた諒に、永博はそう答えた。狩野派が画工集団である限り、永華は指導者としては致命的であった。いわゆる天才肌の絵師なのだろう。いずれにせよ、諒が音衣との縁談を断る理由はなく、当然、音衣も了承しているものと思っていた。

——あんさんに話がおます——

初夜の床で、花嫁衣装の帯も解かず、緊張した面持ちで音衣はきっぱりと言った。紅を差した切れ長の目許《めもと》が艶《つや》めいていて、思わず諒が見惚《みと》れていた時だった。

――うちには、夫婦約束を交わしたお人がいてます。それやのに、狩野家のためやからと、祝言を挙げなならんようになった。うちは、あんさんを狩野永博の後継者にするための道具にすぎまへん。せやさかい、うちには指一本触れんといて欲しいんどす。あんさんが、外におなごを囲おうが子を作ろうが、うちは一向にかましまへん。互いに、狩野家を守るためだけに夫婦になった。そのことを重々承知していておくれやす

――

男としての諒を受け入れる気は無い、と音衣はそう言ったのだ。

よほど緊張しているのだろう、眦《まなじり》がぴくぴくと引《ひ》き攣《つ》り、唇の端がともすれば震えそうになっている。必死の形相で訴えて来る音衣を見ながら、諒は改めて美しい女だと思った。

妻にこうもあからさまに拒絶された夫として、誇りも確かに傷ついたのかも知れない。

――人は道具やあらへん。気の済むようにしたらええ――

その言葉だけを残して、諒は夫婦の閨《ねや》を後にしたのだった。

とは言え、音衣の男が誰《だれ》なのかは、すぐには分からなかった。いや、諒が弟子や仲間内で囁《ささや》かれる噂話《うわさばなし》にもっと注意を払っていたなら、予想はついていたのかも知れない。

だが、諒は「聞く」よりも、「見る」側の人間であった。

それが、彼の絵師としての天分を支えてもいた。唐船屋に引き取られてからも、彼は常に「見る者」であった。忙《せわ》しなく働く店の者たちや、荷を運んで来た人足等の様子を見ていると、時間も忘れるほどであった。

彼は見ながら描くことはしない。紙と筆は、常に頭の中にあった。一通り見終わってから、改めて画紙に向かう。その時には、絵はすでに完成していて、後はそれを紙の上に表すだけだった。

そうやって描き散らされた画紙の束を見て、宗太夫は驚きを隠せなかったと言う。

――何がなんでもこの子は絵師にせなならん。いいや、絵師にならなあかんのや――

反面、諒のそんな「見たがる」癖は、入らぬ誤解を招くこともあった。

まだ小さかった頃は、女中たちがまず諒を気味悪がった。

――なんやじろじろ人のことを見て、もうその年で色気づいてんのかいな――

それも、諒が年頃になると変わって来る。

――うちの胸、触りたいんやったら、布団部屋へ来て――

諒は秀麗な容貌《ようぼう》をしていた。十三歳になる頃には、女たちの方から誘うようになった。

時には相手が男のこともある。肌脱ぎで荷物を運んでいる男の身体《からだ》の動きに、つい気を取られていたら、土蔵の裏に引き込まれそうになった。

もっとも、危ういところでいずれも難は逃れられている。諒を守っていたのは、夜湖だった。夜湖は幼い頃から、常に諒の後をついて歩いた。姿が少しでも見えないと、大声で名前を呼びながら探し回る。

夜湖は四つ年上の彼を「りょう」と呼び捨てにした。さすがに年頃になってからは、「諒さん」と呼ぶようになったが……。


音衣の相手が永華であったことを知ったのは、祝言から二月《ふた》ほど経ってからだ。

夏の盛りの頃だった。突然の夕立に、辺りが薄暗かったのを覚えている。出かけるつもりで屋敷を出たが、雨に遭《あ》い、すぐに引き返した。画室に籠《こも》ってしばらく絵の構想を練り、それから画本を取りに居室に戻った。隣の座敷には音衣がいる筈《はず》だった。

雨はいっそう激しくなった。雷の音がしだいに近づいて来る。時折、稲光で辺りが白く輝いた。その雨音に混じり、人の呻《うめ》くような声がして、諒は思わず足を止めていた。

音衣のいる部屋の奥から密《ひそ》やかな息遣いが聞こえた。一瞬、躊躇《ためら》ってから簾《すだれ》を上げると、衝立《ついたて》の向こうに長く伸びた帯が見えた。見覚えのある淡い紫色の帷子《かたびら》の裾《すそ》が、畳の上に広がっている。

衝立を押し退《の》けると、半裸で抱き合う男女の姿が目に飛び込んで来た。女は音衣だった。

男は顔を上げて諒を見ると、にやりと笑った。

「俺《おれ》の女や。抱いて何が悪い」、まるでそう言っているような不敵な顔だった。

諒はすぐに部屋を出た。そうして、その日の内に狩野永華を破門にした。

——ここはうちの家や。誰と何をしようが、あんさんに咎《とが》められる筋合いはおへん——

音衣は険しい顔で諒に詰め寄った。

——当主の妻との情交を許したのでは、弟子に示しがつかん——

——永華は狩野の大切な画人や。父かて、勝手に破門するのは許さはらへん——

——私が狩野の六代目や。門人の処遇は私が決める——

後にも先にも、あの喧嘩《けんか》が唯一の夫婦らしい行為であったのかも知れない。

あれ以来、音衣とは不思議なくらい穏やかな付き合いになった。互いに関《かか》わりを避けている。だから、ぶつかることもない。音衣は永華と外で会うようになった。

その後、夜湖と男女の仲になった諒には、もはや音衣を咎める理由はなかった。

金を受け取った音衣は、なぜかすぐに動こうとはしなかった。思案するように首を傾《かし》げていたが、やがて、懐紙の包みを諒に返してこう言った。

「あんさんから、渡しておくれやす」

一瞬、何を言っているのか分からなかった。形ばかりとはいえ、亭主に向かって、自分の情人に金を渡せと言うのか……。

「永華が嫌がるやろ」

諒は断った。自分でも突き放した言い方だと思った。

「永華の方が、あんさんに会いたがってはるんどす」

諒の胸の内など推し量る風もなく、音衣はさらに言葉を続ける。

「うちは嫌やて言うたんどすけど、永華がどうしても、て」

「私になんぞ話でもあるんか？」

今さら、妻を寝取った詫《わ》びを言う訳ではあるまいに、と思う。

「とにかく会《お》うとくれやす。あんさんが聞いたら、幾らでも金を出しとうなる話があるんやそうどす」

其の三

鴨《かも》川に架かる四条《しじょう》橋を渡ると、矢倉芝居《やぐらしばい》の小屋と芝居茶屋が軒を連ねる通りが現れた。

右側に「南芝居」と呼ばれる小屋があり、左手には、手前から「西芝居」、「東芝居」が並んでいる。

それぞれの小屋の間には、茶店や料理屋、菓子を専門に売る店などがあり、通りを行く人の中には、明らかに役者と見える者もいて、若い娘等の目を引いていた。

以前は、矢倉芝居の小屋はもっと多かった。寛保《かんぽう》元年（一七四一年）十一月に、石垣《いしがき》町の一軒から火が出て、縄手《なわて》町や車《くるま》町までを燃やす大火になった。以来、矢倉小屋の数は激減し、今では三軒を残すのみとなっている。

替わって、短期で興行する小芝居があちこちに現れ、寺社の境内《けいだい》で上演する宮地《みやち》芝居なども盛んになっていた。

南北二つの芝居小屋は、従来通りの歌舞伎《かぶき》芝居であったが、北側の一つは、人形浄《じょう》瑠璃《るり》の興行を主としていた。

宝暦《ほうれき》三年（一七五三年）、芝居主の丹波屋《たんばや》が、大坂で流行《はや》っていた人形浄瑠璃の竹本《たけもと》座《ざ》を京へ招いた。人形が演じる芝居はたちまち町衆の心を捕らえ、今では歌舞伎芝居の方が押され気味になっている。

永華はその丹波屋で、芝居の背景を描く仕事をしているのだと音衣は言った。住まいは、川沿いを北へ上がった川端《かわばた》町の借家だった。

川端通りに入った諒は、何やら奇妙な感覚に捕らわれていた。遠い昔、この道を歩いたような気がしたのだ。

諒が四条橋を渡ることはめったに無い。なぜか足が向かないのだ。もっとも、芝居に関心が無く、祇園《ぎおん》で遊ぶことも無い諒にとっては、元々鴨川から東側は無縁の地であったのだ。

永華の住まいはすぐに分かった。隣が「菊菱屋《きくびしや》」という料理屋で、反対隣は空き地になっていた。

川沿いの柳が長い緑の枝葉を風にそよがせている。鴨川の対岸に並ぶ料理屋が、川に床を建てるまでには、まだ一月《ひと》以上あった。

狭い門口の戸を開くと、音を聞きつけたのか、「誰《だれ》や」と問う永華の声がした。

名乗ると、しばらくの間しんとしていたが、やがて奥から足音が近づいて来て、左側の座敷の障子《しょうじ》ががらりと開いた。そこに単衣《ひとえ》の両袖《りょうそで》を襷掛《たすきが》けにした永華の姿が現れる。

ほぼ二年ぶりに見る顔だった。細面《ほそおもて》の頬《ほお》の辺りにやつれが目立つ。芝居町を歩いていれば、役者と間違えられそうな容貌《ようぼう》なのだが、今は月代《さかやき》は伸び、身なりはどことなく雑然としていた。

「仕事か？」

絵を描き出したら身なりなど構ってはいられない。聞くまでもなかったが、取りあえず尋ねたのは、会話のきっかけが欲しかったからだ。

「ほんまに来たんか？」

永華は呆《あき》れたように視線を上下に動かした。

「お前が呼んだんやないか」

答えると、永華は、「せやったな。音衣に言付けを頼んだのは、俺《おれ》やった」と独り言のように呟《つぶや》いてから、やっと「あがれや」と言った。

奥の座敷に案内される途中、狭い中庭に戸板が置かれているのが見えた。松のある海辺の景色が泥絵具で描かれている。人形芝居の背景なのだろう。

「雨が降らんうちに、乾かさなあかんのや」

永華は竹垣で囲った庭の空を見上げた。

画室として使っているらしい奥座敷に踏み込みかけて、思わず足が止まった。正面の日差しの当たらない部屋の奥に、一人の女が立っている。女は髪を島田《しまだ》に結い、白地に千鳥模様の浴衣《ゆかた》を着て、手に持った団扇《うちわ》で諒を招いていた。

ほつれ髪が、幾筋か細い首に垂れていた。顔は斜めにしてわずかに顎《あご》を引いている。流した目の端に、ほんのりと差した紅が艶っぽい。

背後では柳の枝が風に靡《なび》いていた。その向こうには、鴨川沿いの料理屋や茶屋の灯が連なり、どこか物悲しい夏の夕景が描き出されている。

それは一幅《いっぷく》の掛け軸であった。

「珍しいな。お前が美人図とは……」

絹地に描かれたその絵は、すでに西陣織《にしじんおり》の裂《きれ》で表装が済まされている。永華は、あまり女人図を描かない。描く時は、虞美人図《ぐびじんず》のような唐風《からふう》の絵がほとんどだった。

永華は手早く絵皿を片付けると、諒に座るように言った。それから奥へ姿を消すと、酒の徳利《とっくり》を抱えて戻って来た。

「飲むか」と言うように、諒の方へ差し出すそぶりを見せる。

「飯を食う間《の》が無うてな。酒はその代わりや」

諒が断ると、永華は喉《のど》を鳴らして酒を飲んだ。

「音衣が世話をしている筈《はず》やが」

永華は驚いたように諒の顔を見たかと思うと、突然笑い出した。

「幾ら名ばかりの女房でも、他の男の世話をさせて平気なんか？」

世間の常識からは、確かに外れていると思う。

「まあ、ええわ。俺を破門にしたんや。あんたも、あの時は嫉妬《しっと》ぐらいしたやろ」

あの時……。

目の前で妻が他の男と情を交わすのを見た時に感じたあれは、いったい何であったのか。諒自身にもよく分からない。それは嫉妬や怒りというよりも、むしろ恐怖に似ていた。

だから彼はその場から逃げた。似たような光景を、どこかで見たような気がした。

「話て、なんや」

永華と無駄話などしたくはなかった。ただ、一刻も早くこの場を離れたかった。いや、何よりも、音衣の言葉に乗せられて、ここまで来た自分に腹が立った。

永華はちらりと横目で諒を見てから、腰を上げた。

棚の上から掛け軸を取ると、それを諒の眼前に差し出した。

広げてみると、幅一尺、丈一尺五寸（約四六センチ）ほどの水墨画であった。雪の積もる竹林を、左から右へ一羽の白鷺《しらさぎ》が飛んでいる。その軌跡に沿って、竹はたわみ、雪の塊を落としていた。

「雪下《せっか》飛鳥図《ひちょうず》」の題が書かれていて、落款《らっかん》は「湖舟」となっている。

諒は思わず永華の顔を見た。

「隣の菊菱屋の隠居は書画好きでな。たまに手ほどきをしとるんや。この家は『菊菱』の持ち家や。お陰で安うに借りられた」

「菊菱屋」源兵衛《げんべえ》は、「炉香会」にも顔を出している。

「そこで手に入れたのが、この絵や。唐船屋の女主人が持ち込んだものやそうや。かなりの高額で買《こ》うたらしいが、後で、果たしてこの絵が値段に見合うかどうか、少々不安になった。それで俺に目利きを頼んで来たっちゅう訳や」

何をどこまで知っているのか、永華は唇の端に笑みを浮かべて、諒の様子を窺《うかが》っている。

諒が黙っていると、再び永華は口を開いた。

「『湖舟』なんて絵師は聞いたこともない。写生風の南画を得意とするなら、円山応挙の門下だろうが、どうも違う」

永華はまっすぐに諒を見つめて、きっぱりとこう言った。

「あんたと違うか、『湖舟』は……」

「なぜそう思うんや。無名の絵師かも知れんやろ」

諒は言い抜けようとするが、永華は大きくかぶりを振った。

「筆使いで分かる。いいや、そもそも筆をほとんど使《つこ》うてへん。これは指頭画《しとうが》や」

指や爪《つめ》にじかに墨をつけ、画面に絵を描く描法を「指頭画」という。まだ筆を使うのもおぼつかなかった頃《ころ》、父の栄舟が手ほどきしてくれたのが、この描法であった。

「私は、指頭画は描かん」

諒は語調を強めた。狩野派の門下では、絵具や墨で手を汚すことを厳しく禁じていた。常に手は綺麗《きれい》に保つのが原則だ。うっかりして画面を汚さないための配慮である。

「昔、あんたの筆を隠したもんがおったやろ」

まだ狩野家に弟子入りして間もない頃だった。人との関《かか》わりを嫌う諒は常に孤立していた。そのため、同年代の弟子たちから嫌がらせを受けることがしばしばあった。

「俺は、あんたがどうするのか楽しみやった」

筆が無くとも絵は描ける。諒は手を使って絵を描いた。その絵は実に見事で、永華はもとより、筆を隠した弟子たちも驚いたのだ。

「あの後で、あんたは、永博先生からこっぴどく叱《しか》られていたな」

懐かしそうに語ってはいても、別に昔話がしたくて呼んだ訳でもないだろう。諒はもはや認めるしかないと思った。

「『湖舟』が私やったら、どないするつもりや。永博先生が知ったら離縁になるかも知れん。そうなったら今度はお前が婿入りして、後継ぎになることかて出来る。音衣にとっても、その方がええやろ」

永華はふんと鼻先で笑った。

「今さら狩野家に未練なんぞないわ。今の方がせいせいしとる。好きなもんが好きなように描けるさかいな。ただ……」

と、永華は絵皿に視線を向けた。

「絵具には不自由しとる」

岩絵具には、貴重な石を砕いて作るものが多い。艶紅《つやべに》や蘇芳《すおう》、青黛《せいたい》のように植物染料から作ったものや泥絵具ならばまだしも、輝石《きせき》や珊瑚《さんご》を砕いて作る岩絵具は、そう簡単に買えるものではなかった。良い絵具は発色そのものが違う。

狩野家でも岩絵具には多大な金をかけていた。そのため家計は厳しく、寺社や公家《くげ》、名のある商家などから、大きな仕事を常に取って来る必要があった。

その時、文机《ふづくえ》の上に置かれた薄い桐箱《きりばこ》が目に入った。諒には見慣れた箱だ。移紙《うつしがみ》に挟んだ金箔《きんぱく》や銀箔を仕舞っておくためのものだ。

「箔を買うたのか」

岩絵具すらまともに買えない永華が、金や銀の箔を持っているのが不思議だった。

「よう見てみい」

永華は気まずそうな顔になる。

諒は桐箱を手に取った。箔は高価で繊細なものだ。金地や銀地を作る時、膠《にかわ》で貼《は》り付けて使用する。

確かに、その箔は銀箔に似ていた。似てはいたが、輝きは全く別物であった。

「錫《すず》箔や」

永華はやっと口を開いた。

「銀箔はとても買えん。なんぞ代わりになるもんが無いか、て思うてな。菊菱屋の隠居に頼んで、『すず峯《みね》』から手に入れて貰《もろ》うた」

「すず峯」は、錫製の酒器や茶器、茶筒、花瓶などを扱っている店だ。

「分けて貰った錫を、金箔の職人に頼んで箔に打って貰うたんや」

「錫の箔が、銀箔の代わりになるのか？」

同じにはならないだろうが、また違った風合いが得られるのではないか。そう思うと、諒も興味が湧《わ》いて来る。

「光りすぎて、品があまり良うない」

永華は困惑顔で答えた。

「せっかく手に入れたんや。それで、膠に錫箔を溶かし込んで、絵具に混ぜてみたんや。今までにない色が作れるかも知れん、そう思うてな」

好奇心と探求心の強さは相変わらずのようだ。

「今年の冬のことや。錫を混ぜた絵具が、なんや小さな砂粒みたいになってしもうた。ぽろぽろと剝《は》がれ落ちて、何の絵を描いたかも分からんようになってな。それは無残なもんやったわ」

「描いたのは、いつや」

「夏の頃やった。色が多少黒ずむが、それはそれでええ味が出る」

通常、彩色を施す絵は、秋口までしか描けない。気温が下がると、溶かした膠が固まってしまうのだ。そうなると、筆も刷毛《はけ》も膠の含みが悪くなる。

「『すず峯』の主人に聞いてみたら、そないな使い方は知らん、て呆れてはった。

『錫』っちゅう奴《やつ》は、えろう寒うなると性質が変わるそうや」

諒は懐《ふところ》から、金を包んだ懐紙を取り出した。

「錫は諦《あきら》めて、これで銀箔を買え。足りんやろうから、後で音衣にまとまった金を持って来させる」

どうせ、師匠に内緒で文人画に手を出していることに付け込んで、金をせびるつもりだったのだろう、諒はそう思っていた。

ところが、なぜか永華は懐紙に手を伸ばそうとはしない。

「この絵を見た時、音が聞こえた」

永華は視線を「雪下飛鳥図」に向けた。

「白鷺の羽音、竹が互いにぶつかり合う音、雪が落ちる音。風景やない。この絵は、音を描いてる……」

それから再び諒を見る。

「音衣は、あんたには心が無いて言う。心が無いさかい情も無い。冷たい男や、てな」

さすがに諒は笑った。笑いたくなくても、そうするしかなかった。

「だから、嫌われとるんやな」

「まあ、そんなところやろ」

永華は煮え切らない言い方をする。

いつの頃からか、感情を表に出すのが苦手になった。喜びも怒りも悲しみも、諒の心の奥深くに沈澱《ちんでん》したまま、色を出してはくれなくなった。

彼にちょっかいを出していた門弟仲間も、あまりにも反応が無いので、やがて寄りつかなくなった。水をかけられれば濡《ぬ》れたままでいたし、草履《ぞうり》を取り上げられれば、裸足《はだし》で歩いた。

――なんや、気味の悪いやっちゃ――

そんな言葉を耳にしても、諒にはそれが辛《つら》いのか哀《かな》しいのか分からなかった。

まるで箱の中にでも入ってぴったりと蓋《ふた》をしたような諒を、無理やり外に引っ張り出したのは、夜湖であった。

あの眩《まぶ》しいほどの天真爛漫《てんしんらんまん》さが、いつしか諒の救いになっていた。

「俺はそうは思わん」

永華が妙にしんみりと言った。

「あんたには、確かに心が無い。人の情てもんも無いんかも知れん。せやけど、あんたの絵には心が溢《あふ》れとった」

永華は右の掌《てのひら》を、諒の胸元に押し当てた。

「心が無いんやない。絵の中に出て来るんや。それが出来る絵師はほんまもんや。俺はそう思うてる」

「なんや、口説かれとるみたいやな」

永華の口からあまりにも意外な言葉を聞かされて、諒は自分でも珍しく冗談を言う。

「阿呆《あほう》、俺はあんたの絵に惚《ほ》れとるだけや」

言ってから自分でも照れたのか、永華は困惑したように伸びた月代に手をやった。

「ともかく話はこれからや」

仕切り直しのつもりか、永華はグイと酒をあおる。

「実は、この美人図やが」

永華は掛け軸に目をやった。

「『炉香会』に出そう思うてな。菊菱屋の隠居に頼んでるところや」

その時、表の戸が開く音がした。

「兄《あに》さん、いてはりますか？」

若い男の声がする。

「おう、仙《せん》か。入れや」

永華が声を張り上げた。

軽い足音が響いて来て、ひょいと男が顔を覗《のぞ》かせた。年齢は二十歳《はたち》ぐらい。やや顎が細く、眉目《びもく》の整った顔立ちだった。暑いのか、浴衣の片袖をたくし上げている。

ふいに、掛け軸の女の顔がその男に重なった。切れ長の目といい、実によく似ている。

男は諒の姿に驚いたように足を止め、すぐにぺこりと頭を下げた。

「狩野永諒先生や。きちんと挨拶《あいさつ》せえ」

男はその場に座ると、綺麗に揃《そろ》えた両膝《りょうひざ》の前に三つ指をつき、芝居の口上でも述べるようにこう言った。

「これは、あの有名な狩野家の御方《おかた》とは露知らず、御無礼をいたしました。わては名を仙之丞《せんのじょう》て申す、しがない役者でおます」

どうやら歌舞伎の女形であるらしい。

永華が口を開いた。

「仙とは、俺が歌舞伎芝居の背景を描いていた頃に知り合《お》うた。人形浄瑠璃に人気を取られて、歌舞伎もいろいろ厳しゅうてな。しかも、こいつはまだ駆け出しや。仕事も少ない。それで、この絵を描いたんや」

仙之丞は掛け軸に気づいたのか、四つん這《ば》いで部屋へ入って来た。

「これがわてどすか？」

「気に入ったか」

永華が尋ねると、「へえ」と頷《うなず》く。

「まるで舞台で主役を張ってるみたいな気分や」

仙之丞は人懐こい笑みを見せると、さっと片手を永華の前に差し出した。

永華は苦笑すると、諒の持って来た懐紙から二朱銀を取り出し、仙之丞の手に載せる。

「助かったわ、兄さん」

「この絵が売れたら、もう少し都合出来るやろ。待っとれ」

「へえ、おおきに。またの御《ご》贔屓《ひいき》を……」

仙之丞は女形の声で応じると、再びぺこりと永諒に頭を下げてから、そそくさと部屋を出て行った。

「『金が要る』て言うてたんは、あの男への礼金か」

「それもある」

永華は視線を掛け軸に戻す。

「どうや。ただの女人とは違う、妙な色気があるやろ」

そこにあるのは、どこか作られた女の美しさだった。それが不自然にならないのは、永華の腕の良さと、役者だという仙之丞の芝居の技なのだろう。

絵絹の裏に彩色を施し、色を抑え目にしてあるのも、独特な雰囲気を醸《かも》し出している。

「売れるかどうか、あんたに目利きをして貰いたかったんや」

狩野家六代目のお墨付きがあれば、永華としても心強いのだろう。狩野派に未練は無いと言いながらも、諒の力量は認めているのだ。

「『炉香会』の好みには合《お》うとるやろ。ええ値で売れるんやないか」

諒の言葉に、永華は嬉《うれ》しそうに頷いた。

「画題はなんや」

すると永華は考えるように首を捻《ひね》った。

「『鴨川夕景図《かもがわせっけいず》』」

「『柳下涼扇図《りゅうかりょうせんず》』の方がええ」

「涼扇」は、「団扇」のことだ。

「落款は、どないするんや」

「『華仙《かせん》』はどうやろう」

永華の「華」と、仙之丞の「仙」だ。

「随分、あの男を可愛《かわい》がっているようやな」

「なんや弟みたいに思えてな」

永華も諒と同じで、家族とは無縁の男であった。幼い頃、二親《ふたおや》を流行《はや》り病で亡くし、東山《ひがしやま》のある寺に預けられたのだと聞いている。小僧だった時、襖《ふすま》の絵を写しているのを和尚《おしょう》が見て、永博に弟子入りを頼んだ。その襖絵は、狩野家の手によるものだった。

「それで、私が金を出しとうなる話とは、なんや」

音衣からはそう聞いている。

永華は真顔になると、突き刺すような目を諒に向けた。

「あんた、『らぴす』を知ってるか?」

「『らぴす瑠璃《るり》』のことやろう」

絵師ならば、瑠璃は大金を払ってでも手に入れたい輝石であった。砕いて、岩絵具として使用する。岩群青《いわぐんじょう》がそれだ。藍銅石《らんどうせき》から作る場合もある。日本国でも簡単に手に入るからだ。しかし、瑠璃は外国から入るのを待つしかなかった。夜湖も諒のために、瑠璃の入手に努力してくれている。阿蘭陀《オランダ》船が、カラパの港から運び込んで来るが、運良く手に入っても、大抵はあまり質の良い物ではなかった。磨けば金色の混じった美しい青石だ。古代においては、刀や帯飾りにも使われるほどの貴重な石だった。

岩絵具にすると、砕き方で色合いが変わる。もっとも細かい粒は「白群《びゃくぐん》」と呼ばれる薄い青色になる。よほど青味の濃い石でなければ、艶のある群青にはならなかった。

上質のらぴす瑠璃は、天竺をさらに越えた西域《せいいき》の山中でしか取れない。そこは今も戦乱の続く地で、幾つもの王朝が興《おこ》っては滅びている。今の時代、輸入品に巡り合うことはほとんど奇跡と言っても良い。らぴす瑠璃の岩群青は、まさに幻の色なのだ。

「その『らぴす』が身近にあるとしたら、どないする？」

永華はさらに顔を近づける。

一瞬、息を飲んだ諒だったが、すぐに「あり得へん」と否定した。

「それが、あるんや」

永華は誇らしげに身体《からだ》をそらせた。

「らぴす瑠璃は、京の狩野家に密《ひそ》かに伝えられとる」

それから永華は腕組みをすると、横目で諒を見た。

「まさか、六代目のあんたが知らんとはなあ……」

「永博先生は、何も言うてはらへん」

「まあ、俺も聞いたのは最近なんや」

永華はぽりぽりと無精髭《ぶしょうひげ》の目立つ顎を掻《か》いた。

「最初に手に入れたのは、秀吉やった」

慶長《けいちょう》の朝鮮《ちょうせん》出兵の折、持ち帰った戦利品の中に、らぴす瑠璃があった。大人の男の拳《こぶし》よりも大きく、濃い群青色の中に金線が何本も走る、それは見事な石であった。

「瑠璃は秀吉から淀殿《よどどの》へ送られた。珍しい輝石は女人が持つのに相応《ふさわ》しいてことやろ」

「その瑠璃は、ずっと大坂城にあったのか?」

京の狩野家の初代、山楽は豊臣家に仕えていた。若い頃、秀吉の側用人《そばようにん》だったこともあり、豊臣家と山楽の絆《きずな》は深かった。

大坂城が落ちた時、山楽はなぜか城内にいた。そのため残党狩りに追われ、九条家が徳川秀忠《とくがわひでただ》に頼み込んで、やっと家康《いえやす》の許しを得た経緯《いきさつ》がある。

「山楽が、瑠璃を持ち出したというのか」

「幾ら豊臣家に恩があるとはいうても、徳川家との間の確執を考えたら、わざわざ大坂城に入るやろか」

家の将来を思うなら、あくまで傍観の立場を取る方が利口だ。絵師はあくまで職人に過ぎない。相手が何者であれ、依頼された仕事を果たすだけだ。

しかし、かつて山楽は武士であった。戦闘中の大坂城にいたことが、大坂方であるとの誤解を招いてしまった。

「山楽はらぴす瑠璃を取りに行ったんやないか、て、考えてもおかしゅうないやろ。あのまま城と一緒に燃えるには惜しい石や」

どれほど高価で貴重な輝石であっても、人の命に代えられるものではない。命がけで石ころ一つを、落城寸前の城から持ち出そうなどと考えるのは、おそらく絵師ぐらいのものだろう。

「始祖が命がけで守った瑠璃や。狩野家を継いだ山雪も、三代目永納も、絵具には出来んかったんやろう」

「今も永博先生の許《もと》にあるんやろか」

「その筈や」、と言ってから永華は残念そうにかぶりを振った。

「俺が音衣の亭主やったら、すぐにでもその瑠璃を砕いて絵具にしたんやが……」

「いったい、どこでその話を聞いたんや」

怪《け》訝《げん》な思いで諒は問いかける。

「『菊菱屋』の源兵衛や。その源兵衛に、らぴす瑠璃の話をしたのが」

永華はいったん言葉を切ると、まっすぐに諒の顔を見た。

「栄舟ていう町絵師や」

それから永華はその視線を庭へ向ける。

「隣に空き地があるやろ」

以前は家もあったのだろうが、今は草が生い茂るままになっている。

「その家もここと同じ、源兵衛の持ち家でな。住人が夫婦心中で亡くなっとる。二十四年も前のことや」

「何が言いたいんや」

自分でも声が険しくなっているのが分かる。

「住んでいたのは、栄舟とその妻、それに五歳になる息子やった」

永華はいきなり諒の顔を見た。

「あんたやろ、その息子は……」

其の四

篠山《しのやま》栄舟、狩野家にある時は、「狩野永舟《えいしゅう》」と号していた。享年《きょうねん》、二十六歳だった。十歳で狩野派に入門し、ほぼ十年の歳月を門人として過ごした。永博は永舟の画才を高く買っていて、彼の成長を心待ちにしていたという。

その永舟が二十一歳の時に破門になった。

破門の理由を諒は知らない。そんなことよりも、あの日、なぜ両親が無残な最期を遂げねばならなかったのかも、分からないままなのだ。

最初は強盗にでも襲われたのかと思われた。

しかし、奪われた物は何も無い。何よりも、絵を売って細々と暮らしていた町絵師に、奪われる財などあろう筈《はず》もない。結局、二人は将来を悲観し、夫婦心中を図ったことになった。

その話を宗太夫から聞かされたのは、諒が十四歳になった頃《ころ》だ。

――子供を残して死ぬもんやろか――

諒には到底、納得出来る話ではない。

——お前を残したのが、親心やろう——

両親が亡くなる前の晩、二人がひどく言い争っていたのを、諒はおぼろげに覚えていた。喧嘩《けんか》の理由は、幼い諒には分からなかった。ただ、父が母を責めていたのは確かだ。母は泣きながら許しを請うていた。

夫婦心中というのが、正しい見方なのかも知れない。いつしか、諒はそう思うようになった。

感情を表に出せなくなったのは、あの朝、血塗《ちまみ》れで横たわる両親の姿を見た時からだ。身体《からだ》の奥底から込み上げて来る強い思いに耐えかねて、何をどうして良いのか分からなくなった。

悲しみと恐怖と不安から逃れようと、諒はひたすら絵を描くことに没頭した。それしか為《な》す術《すべ》が無かったのだ。

あれ以来、芍薬《しゃくやく》の絵だけは描いてはいない。実際、目にするのも嫌だった。似ているというだけで、牡丹《ぼたん》も苦手だ。

「『菊菱屋』の源兵衛は、栄舟と懇意にしていたそうや」

黙り込んでしまった諒の気持ちを思ったのか、遠慮勝ちに永華が言った。

「これから行ってみぃひんか。あんたの親父《おやじ》さんについて、何か聞けるかも知れん。そろそろ夕餉《ゆうげ》時分やし、腹も減った。もちろん、あんたの奢《おご》りで」

にやっと笑ったその顔に、子供の頃の人懐こさがある。その時、諒は、永華から嫌がらせをされたことがなかったのを思い出していた。常に一人でいた諒に、何くれとなく声をかけて来たのが、永華であった。

（音衣には、男を見る目があったということか）

妙に納得している自分がいた。

「これは、これは、ようおこしやす」

隠居するにはまだ早い、五十歳を幾つか超えたぐらいに見える源兵衛は、二人を菊菱屋でもめったに客を通さないという、奥座敷へと案内してくれた。

丹精された庭の見える部屋だ。梅雨《つゆ》の湿り気を帯びた苔《こけ》が、雲を割って差し込んで来る午後の日差しに、しっとりとした孔雀石《くじやくいし》の輝きを放っている。空の色を映したような紫陽花《あじさい》が盛りだった。

料理が運び込まれると、永華はさっそく箸《はし》に手を伸ばした。よほど腹が減っていたらしい。

「狩野永諒先生が、この店に来てくれはるとは、こない名誉なことはあらしまへん」

源兵衛はそう言ってから、しげしげと諒を見つめた。

「それにしても、お瑶さんに生き写しどすなあ」

「母を知っているのですか」

諒は驚いて問い返した。

「まあ、一献」と、源兵衛は諒の杯《さかずき》に酒を注《つ》ぐ。永華はすでに手酌で飲んでいた。

「わては若い頃から、書画が好きどしてなあ」

源兵衛は昔を懐かしむように眉尻《まゆじり》を下げ、その目を細めた。

「店は女房任せで、よう栄舟はんの所にも出入りさせて貰《もろ》うてました」

町絵師には上得意の客だったようだ。

「お瑶さんはこの店で仲居として働いてました。控え目で大人しい、綺麗《きれい》なお人で、客にも評判がようおましてなあ」

源兵衛は再び諒の顔をじっと見つめる。

「永諒先生のことは覚えてますえ。栄舟さんの側《そば》で、いつも絵を描いてはりましたな。ほんまに絵の好きなお子どした」

顔に懐かしさを滲《にじ》ませて、源兵衛はにこりと笑った。

「あの時の坊《ぼん》が今では狩野家の六代目を継いではる。栄舟はんやお瑶さんが生きてはったら、どないに喜んだことか……」

元来涙脆《なみだもろ》い性格なのだろう。源兵衛の目にはすでに涙が浮かんでいる。

「親父、昔話はそこまでにしとき」

永華が慌てたように口を挟んだ。

「今日は『らぴす瑠璃《るり》』の話を聞きに来たんや」

お願いします、と諒は頭を下げる。

「父から、何か聞いてはるとか……」

源兵衛は視線を一瞬天井に向けた。それから「ああ、あの話どすな」と頷《うなず》いた。

「あちらの国の言葉で、『らぴす……らずうり』、とかいう瑠璃やそうどす。栄舟はんは、この石で作った群青色《ぐんじょういろ》で、絵を描くのが望みやったんどす」

――襖絵《ふすまえ》でも屏風絵《びょうぶえ》でも良い。大きな画面の一面を、群青色で塗り込めてみたい――

「大きな絵になると、大抵は金箔《きんぱく》や金泥《きんでい》で背景を描きますやろ」

確かに金地に濃彩色が基本だった。水墨の場合は、絹や紙の地色を生かして空間を表現するが、濃絵《だみえ》となると、背景の広さに関《かか》わりなく、金地に仕上げるのが狩野風だ。江戸の狩野家においても、永徳の大画形式に南画の手法を取り入れた孫の探幽でさえ、金地表現は変わらない。

「群青色の背景やて？」

永華も耳にするのは初めてのようだ。

「いったい、なんでそないなことを考えたんやろう」

永華が言ったが、当然諒にも分からない。

「ちょっと、待っておくれやす」

源兵衛は腰を上げると、小走りに座敷を出て行った。

しばらくして戻って来た源兵衛の手には、一幅《いっぷく》の掛け軸があった。

源兵衛は二人の前にそれを広げて見せた。絵ではなく、詩が書かれている。

――天無日月星《じつげつせい》、地無草木花、惟在群青闇、我見狂神舞――

「天に日月星無く、地に草木花《そうもくか》無し。ただ群青《ぐんじょう》の闇《やみ》在りて、我、狂神舞うを見る」

永華が声に出して読んだ。

「なんでも、秀吉公から、『絵師の境地とは如何《いか》に』と問われた時、狩野永徳が答えはった言葉やそうどす。永徳はんはそれを画讃《がさん》にし、弟子の山楽はんに与えたとか」

「画讃、てことは絵がある筈やろ。これはただの讃や」

永華は怪訝《けげん》な顔をする。

「よう見ておくれやす。落款《らっかん》は『永舟』てなってる。これは掛け軸の画讃だけを写したもんどすわ」

「せやったら、本物は狩野家の蔵にあるんやな」

「そのようどすな。永諒はんは知らはらへんのどすか」

跡継ぎが知らない筈はない、と言いたそうな顔で源兵衛は諒に尋ねた。しかし、諒は永徳の掛け軸どころか、「らぴす瑠璃」の存在すら聞かされてはいなかったのだ。

「栄舟はんはこの書を形《かた》にして、わてから金を借りたんどす。いずれ書は返して貰《もら》うて言うてはったんやけど、そのまんまになりましたな」

再び源兵衛は声を湿らせる。

「その時に、父はらぴす瑠璃の話をしたのですね」

絵師の境地とは、天にも地にも何も無い群青の闇の中に、狂神の姿を見ること……、永徳はそう答えたのだ。

ならば、その狂神とは、いったい……？

「父は、その闇を、らぴす瑠璃の群青で描きたいと言うたんですか」

「栄舟はんだけやのうて、狩野永徳もそうやったんと違いますか。秀吉公から淀殿に渡ったらぴす瑠璃を、永徳に譲るて話もあったように聞いてます。永博先生も、一番弟子やった栄舟はんには、いろいろと話してはったようどすな」

永徳にらぴす瑠璃が渡っていれば、山楽は命がけで大坂城まで取りに行かずとも良かったのだ。

「永徳が突然の病で亡《の》うなってからは、その想《おも》いを弟子の山楽が受け継いだんと違いますやろか」

「なんでその瑠璃でないとあかんのや。確かに、ええ岩群青にはなるやろが……」

永華は首を捻《ひね》った。

「輝きを放つ、深い群青色は、らぴす瑠璃でないと出せへんのやそうどす。わてにはよう分からしまへんのやけど」

「らぴす瑠璃は、今も狩野家にあるのですか」

改めて諒は源兵衛に尋ねた。

「栄舟はんは、永博先生と狩野家の蔵の検分をしていた折に、見つけはったそうどす。永徳自筆の画讃と一緒に、桐《きり》の箱に仕舞われていたとか。『州信』の落款もちゃんとあったさかい、間違いはあらへん、て、そない言うてはりました」

永博はひどく驚いたようだった。先代の永敬は四十歳を超えたばかりの若さで早世している。息子に詳しい話を伝える間も無かったのだろう。永博もまた、ただの言い伝え程度にしか考えていなかったようだ。

「それは一見、黒曜石と見まごうほどに深い青色をしていたそうどす。金色の細い線が何本も走っている様は、まるで異国の琴を思わせるようやったて……」

「それで、どうなったんや、その瑠璃は……」

永華もそこまでの話は聞いていなかったようだ。酒を飲む手を止めて、話に聞き入っている。

「永博先生は、栄舟はんに、見なかったことにするように、と……」

「口止めしたんやな」

「表に出しても、ええことにはならん、て。『江戸の狩野家の耳に入ったら、きっと欲しがるやろ。これまでにも、それらしいことを尋ねて来たことがあったさかいに』て……」

「そないな大事な話、軽々しゅう料理屋の親父にするもんやろうか」

永華はどこか疑うような口ぶりになる。

「源兵衛さんが、石の価値に関心を持たへん人やったさかい、話す気になったんやろ」

諒の言葉に、源兵衛は困惑顔で笑った。

「そうどすなあ。金や銀ならわてでも欲しゅうおます。絵師でもないのに、絵具がどうのと言われても……」

瑠璃だろうが藍銅石《らんどうせき》だろうが、群青は色に過ぎない。仕上がりの違いなど、素人《しろうと》の目には分からないだろう。すべては絵師の拘《こだわ》りだ。

「もしかして」

やや間を置いてから、諒は話題を替えていた。

「あなたは、父が狩野派を破門になった理由《わけ》を、知ってはるんやないですか」

永博から禁じられていた瑠璃の話をしたぐらいだ。栄舟は菊菱屋の主人を心から信頼していたに違いない、諒はそう思った。

「それは……」

源兵衛は何かを言いかけて、そのまま固まってしまった。開いた口がぱくぱく動く。相当迷うようなそぶりをしてから、やっと大きく息を吐いてこう言った。

「それは、永博先生にじかに聞かはった方が、ええんと違いますか。わてが知っているのは噂話《うわさばなし》の類《たぐい》やし、ほんまかどうかも分からしまへん」

源兵衛はさっと腰を上げると、愛想の良い笑顔になった。

「今日はお二人とも、ゆっくりして行っておくれやす。お望みやったら、祇園の芸妓《げいぎ》でも呼びますえ。何、支払いの方は気にせんといておくれやす。この席はわてが設けたことにしますさかい……」

「いえ、芸妓は結構です」

諒が断ると、源兵衛は何かに追われるように、そそくさと去って行ってしまった。

「せっかくやし、芸妓ぐらい呼ばせても良かったんやないか」

永華は残念そうだ。

「あの隠居は、いったい何を知っているんやろか」

父の破門理由は、諒としても知りたいところだ。

「せやから永博先生に聞けっちゅうことやろ」

永華は再び手酌を始める。

「何と言っても女房の父親や。あんたにとっては師匠でもある」

音衣とのことを思えば、義父と呼ぶのも気まずかった。そんな諒の胸の内を知ってか知らずか、妻の男は平然と杯を重ねている。

「それより、江戸の狩野家から来た坊《ぼん》がおるやろ」

「冬信か」

おそらく音衣から聞いているのだろう。狩野家の内情に、永華は詳しいようだ。

「真面目《まじめ》で勉強熱心な子や。木挽町の当主の子やし、皆からは煙たがられているが、ようやっとる」

「随分、可愛《かわい》がっとるそうやないか」

「頭のええ子やし、役に立つ。筋もええ。こちらで立派に育て上げれば、江戸も文句は言うまい」

「気をつけた方がええ」

永華はいきなりそんなことを言った。

「本人が望んで京へ来たと聞いたが、それが本心かどうかも分からへん。永徳の画讃やらぴす瑠璃が京にあるのを知ったら、永徳の流れを汲《く》む江戸の物やさかい渡せ、て言う気やろ。永博先生も、それを案じてはるようや。冬信は、江戸が送り込んで来た間者《かんじや》かも知れん」

「まさか」、と諒は笑う。

「呑気《のんき》やな」

永華は渋面になった。

「江戸の狩野家は、探幽が幕府御用絵師になってから、弟の尚信《なおのぶ》、狩野の本家を継いだ安信《やすのぶ》と、次々に奥絵師になっとる」

三家は江戸に召されてから、それぞれ、鍛冶橋《かじばし》狩野、木挽町狩野、そして、本家は中橋《なかばし》狩野と呼ばれるようになった。さらには、尚信の孫の岑信《みねのぶ》もまた、浜町《はまちょう》狩野家を興《おこ》している。この四家が主流となって表絵師十五家を抱え、その下には、諸国大名に仕える多くの御抱《おかかえ》絵師がいた。

その勢いは、当然京にも及んでいる。探幽門下の鶴沢探山《つるさわたんざん》、山本宗泉《やまもとそうせん》も京に根付いて、江戸の狩野派として勢力の一端を担っていた。石田幽汀もまた、鶴沢派の門人であった。

永徳の血脈の前には、所詮《しょせん》、弟子筋の京の狩野家は太刀打ちが出来ない。永華が冬信を警戒するのも無理からぬ話ではあった。

「まだ子供だ」

それでも諒は冬信を信じたかった。

「十六歳は子供やない。永博先生は十六歳で狩野家を背負った。純真な顔をして、悪だくみかて出来る」

「弟弟子《おとうとでし》の妻を寝取った男が言うことか？」

諒の語気がよほど強かったのか、永華はそれきり口を閉ざした。

其の五

永華とは気まずい別れ方をした。だが、間之町の家に帰る途中、本来は気まずいのが当たり前なのだ、と思い直した。幾ら名ばかりの夫婦でも、妻の情人と親しく付き合える筈《はず》もない。

足を室町の唐船屋にまで延ばそうかと思ったがやめた。冬信に、粉本《ふんぽん》の模写を見て欲しいと頼まれていたからだ。

まだ宵《よい》の口だったので、屋敷は賑《にぎ》わっていた。習い終えて自宅へ戻る若い弟子たちが次々に挨拶《あいさつ》をして行く。高弟ともなれば住み込みの者もいる。仕事が入れば、夜も昼も無くなるからだ。屋敷を出るのは、狩野の名前を貰《もら》って独り立ちする時か、もしくは、破門された時だった。

画室に戻ると、文机《ふづくえ》の上に冬信の模写の束が置いてあった。一枚一枚めくって行く。やはり、文句のつけようのない出来栄えだ。さすがは江戸の狩野家だとも思う。次代の狩野家を担う画人の育成に、相当力を入れているのだろう。

初めは諒の与えた粉本の模写だったが、やがて、清国の南宗画風の写生に変わった。「芥子園画伝《かいしえんがでん》」の第二集を与えていたことを思い出した。この画譜は、南画を志す者の教本だった。四君子《しくんし》と呼ばれる、梅、竹、蘭《らん》、それに菊の手本が描かれている。

（そろそろ第三集を渡してもええやろう）

第三集は花鳥画の教本だ。

その時、ふと応挙の名前が脳裏に浮かんだ。

円山応挙は、元々江戸の狩野家の弟子筋に当たる、石田幽汀の門下だと聞いた。狩野派は手本で学ぶ。しかし、今の応挙は「写生」と称する、絵の対象を、己の目でしっかりと見ながら描くやり方を持ち味としている。人物を描くならば、まず裸にし、骨や肉の付き方から観察するという。

現実に見た物しか描けないならば、龍《りゅう》などはどうするのだろう、と思うのだが、応挙の龍図は、まるで実際に目にしたかのように、生き生きとしている、というので評判になっている。

伝統に捕らわれない自由さが、どこか羨《うらや》ましくもあり、それでいて、諒が守り後の世に伝えねばならない狩野の伝統が、壊されるのではないか、という恐れも感じる。

諒が「炉香会」に、一町絵師として絵を出しているのは、どこか応挙と張り合いたい気持ちが働いているのかも知れない。

ついそんな考えに耽《ふけ》っていた時、障子《しょうじ》の向こうで人の気配がした。

「お戻りどすか」

音衣だった。「入れ」と声をかけると、障子が静かに開いた。

灯火を手にしているのか、諒の隣がぱっと明るくなった。いつしか辺りが薄暗くなっている。蠟燭《ろうそく》に火が灯《とも》されたので、模写も見やすくなった。

再び諒は模写に意識を向けた。

「永華と、どないな話をしはったんどすか」

突然、問われ、諒は驚いて振り返っていた。音衣は彼の後ろにひそりと座っていた。

「すまん、つい絵に気を取られていた」

諒は音衣に向き直った。妻が用も無いのに、自分の所へ来る筈がなかったのだ。

「金は渡して来た。絵具の費用が要るそうや」

音衣は「そうどすか」と頷《うなず》いた。

「もうしばらくしたら金が入る。永華に夏の単衣《ひとえ》でも作ってやったらええ」

「話はそれだけどすか」

音衣は諒の顔を窺《うかが》うように見る。

「仙之丞て男に会《お》うた。芝居の女形やそうやな」

「絵を見はりました？」

「見た。あれは、相当惚《ほ》れ込んどるな」

絵師として、という意味だ。

「弟のように思うてるらしい」

音衣はほっとため息をついて、小さくかぶりを振った。

「母親が宮川筋《みやがわ》の遊女やったそうどす。幼い頃《ころ》に、容貌《ようぼう》が秀でていたのを見込まれて、芝居の一座に貰われたんやとか」

「人にはいろいろと事情がある。私とて他人のことをあれこれとは言えん」

「舞台に出るようになって、すぐに御贔屓《ごひいき》が出来たそうどすわ」

ある大店《おおだな》の若旦那《わかだんな》だという。女遊びをさんざんやった後、今度は女形に目をつけた。

「買われたのか」

「かなりしつこう言い寄られたそうどすけど、仙之丞は嫌がってましたなあ。祇園の芸妓衆の間でも評判が悪いらししゅうて。まるで、人を物のように扱うお人やとか」

相手が嫌がれば嫌がるほど、熱が入る性質《たち》らしい。その若旦那は、今度は一座の座《ざ》頭《がしら》を丸め込んだ。

「役者は衣装やら化粧にお金が掛かります。仙之丞の費用は座頭が用立てていました。その借金を、若旦那が立て替えたはったんどす」

そうなると、仙之丞も「嫌」と言えなくなる。そこで永華が間に入り、借金は代わりに自分が払うから仙之丞から手を引くようにと、若旦那に言ったらしい。

「それで、向こうは承知したのか?」

「永華は、若旦那の言い値を全額、一度で返すて言うたんやそうどす」

「そんな金があるのか」

(金銀の箔《はく》も買えずに、錫《すず》に手を出す男が?)

驚く諒の前で、音衣は小さくかぶりを振った。

「ある筈がおへん。菊菱屋の源兵衛さんに借りはったんどす」

その代わり、菊菱屋で「席画《せきが》」を開くことになったのだ、という。

「菊菱屋」の客筋は、大店の主人や隠居が多い。席画で描いた絵を、競《せ》り合えば、値は幾らでも吊《つ》り上げられる。しかし「席画」は客の望み通りの物を描かせる趣味人の遊びであった。つまり、彼等にとっては、絵はあくまで余興に過ぎず、絵師は体《てい》の良い玩具《おもちゃ》なのだ。

狩野家の門人の中でも一、二位と言われた永華の自尊心が、果たしてそれを許すものなのだろうか。

「若旦那は、えろう執念深いお人やそうどす。それだけで事が済むかどうか……」

音衣の心配は、どうやら諒とは別のところにあるようだった。

音衣は不安そうに、膝《ひざ》の上で、ほっそりとした両手の指を何度も組み直している。

「永華がなんとかするやろ。お前の案じることとやない」

諒は音衣の不安を取り除こうとした。

「それよりも、永華はお前に優しゅうしてくれるか？」

その言葉に、音衣は一瞬目を瞠《みは》った。

「いずれ私はこの家を出るつもりや。永博先生にはお世話になった。恩を返せるような仕事をしたら、離縁を願い出る。そうしたら、お前は永華と晴れて夫婦になれるんや。永華の子を産んで、この狩野家を盛り立てて行ったらええ。せやさかい、後少し、私の妻でいることに辛抱してくれ」

永博は永華では狩野家を継げないと判断した。だが、諒はそうは思ってはいない。どこか型破りなところはあるが、京の狩野派を担って行く器は、むしろ自分よりは大きいのではないかと思う。

その時だった。あまりに唐突すぎて、すぐには何が起きたのか分からなかった。

衣ずれの音がして、音衣の身体《からだ》がふわりと動いた。次の瞬間、音衣の両腕が諒の首に巻きついて来た。

唇が重なった。沈香が間近で匂《にお》い、女の身体の温《ぬく》もりを感じた。

気がつくと、諒は音衣の上に覆いかぶさっていた。自分でも思いもよらぬ情動に抗《あらが》うように、諒はすぐに身体を離していた。

眼下に音衣の双眸《そうぼう》がある。

「何を考えてるんや、お前は……」

声が上ずっている。動揺しているのが自分でも分かった。

音衣の着物の襟は大きくはだけ、胸も露《あら》わになっている。これほどまで自分がこの女を求めていたことに、諒は改めて驚いていた。

「お前は、永華の女や」

諒は自らに言い聞かせるように言った。

「今さら、ほんまの夫婦にはなれん。永華と何があったのか知らんが、私を弄《もてあそ》ぶのはやめてくれ。私にも守らななならんもんがあるんや」

だから永華を破門したというのに……。

諒は身体を起こした。これ以上この場にはいられなかった。

諒は音衣を残して部屋を出た。冬信を呼んで、これから唐船屋に行くと告げた。

「今夜は戻らへん。門番は必要ないさかい、早《はよ》う寝なさい」


「なんぞあったんどすか」

諒の夜間の来訪に、夜湖は驚いたようだった。諒は夜湖と夜を共にしたことはない。どんなに遅くなっても、必ず屋敷に戻っていたからだ。

夜湖の部屋には異国の香が焚《た》かれ、薄紅や青紫の天竺絹《てんじくぎぬ》が垂れ幕のように飾りつけられていた。玻璃《はり》の杯《さかずき》に注《つ》がれた濃い紅の酒も、流れる漆黒の髪の間から覗《のぞ》く玉のごとき肌も、諒を夢幻の境地に連れて行ってくれる……、筈であった。

それなのに心は一向に晴れず、諒はとうとう眠れぬまま朝を迎えてしまった。傍らでは鮮やかな絹に包まった夜湖が、静かな寝息を立てている。

「永諒先生、起きてはりますか」

突然、大番頭の嘉助《かすけ》の慌ただしい声が響いた。

諒は夜着を羽織り、障子を開けた。異国の酒の酔いが残っているのか、頭の芯《しん》がひどく重かった。表はすでに明るくなっている。

「お休みのところ、えらいすんまへん。今、御屋敷から使いの方が見えられて、すぐ

った。

夜湖を寝床に残したまま着替えをすませた。表に出ると、待っていたのは冬信であった。

少年の顔が真っ青になっている。寒くはない筈なのに、身体が小刻みに震えていた。

「先生、奥様が……」

そう言うと、冬信は崩れるように、その場にしゃがみ込んでしまった。


音衣の身体が、床の上に横たえられていた。

「今朝方、蔵の錠前が外してあるのに気がついて……」

弟子の一人が中へ入ってみたのだと言う。蔵には大切な絵具も仕舞われている。蔵の鍵《かぎ》は諒が預かっている。必要な時には諒の許しを得ることになっていた。

「梁《はり》から何かがぶら下がっていて、見たら、音衣様が……」

音衣は細帯で首を吊ったのだ。

「永博先生は知ってはるのか」

「永諒先生にお知らせするのが先やて思いましたんやけど、御留守やったので……」

弟子は口ごもる。

「永博先生はご遺体を一目見てから、すぐに自室に籠《こも》ってしまわれました」

さらに、おろおろとした様子で諒に問いかけて来る。

「先生、どないしまひょ。すぐに奉行所に届けた方が……」

その青ざめた顔に向かって、諒は言った。

「いや、事を大きくする訳にはいかん。今後のことは永博先生と話し合《お》うて決めるさかい、音衣を部屋に運んでおいてやってくれ」

屋敷にいた者には、一切他言はならんと言い置いて、諒は永博の許《もと》へと急いだ。

自分でも驚くほど冷静だった。まだ実感が湧《わ》かないからだろう。ならば今の内に、やるべきことは、やっておかなければならない。

永博は茫然《ぼうぜん》とした様子で文机に向かっていた。視線は庭に向けられているが、右手は墨を磨《す》っている。娘の無残な姿を目の当たりにした永博は、部屋に戻ってからずっと、こうして墨を磨り続けているのだろう。

「申し訳ありません」

諒は永博に詫《わ》びていた。

「昨晩、音衣の様子がおかしかったのです。それやのに、私は妻を放《ほう》って……」

「女の所で夜を明かした」とは、とても言えなかった。それに、娘夫婦の仲がどのようなものなのか、永博は知らないのだ。

「わしが音衣を死なせたんや」

永博が呟《つぶや》くように言った。

「わしが殺したようなもんや」

「違います。私が夫として至らへんかったばかりに……」

夫とは何であろう。そう思った。妻とは？

形ばかりで一度も情を交わしたことはなかった。夫婦の営みもなく、当然、子がいる訳でもなく……。同じ屋根の下に起居し、たまに交わす言葉も、画人等の給金であったり、住み込みの門弟たちの食費、その他の生活費であったり、岩絵具や顔料、紙、筆を揃《そろ》える金の算段であった。どこにも夫婦らしい会話などはない。

ただ一度、思いがけない音衣の行動に、心を惑わされてしまった昨晩は別であった。あの時、音衣がその胸の内に何を思っていたのか、もはや知る術《すべ》はなかった。音衣を一人で画室に残し、去ってしまった自分の行為が、今となっては悔やまれてならない。

せめて、何があったのか聞いてやれば良かった。あのまま抱いていたならば、音衣は死ぬことはなかったのだろうか……。

「音衣が蔵の鍵を持ち出したこと、お前は知らなかったのか？」

永博はやっと墨を磨る手を止めていた。

「私は部屋にはいませんでした」

諒は視線を膝に落とした。

「お前を責めているのではない。音衣が恨んどるんは、このわしや」

諒は困惑した。永博の言葉の意味が分からなかった。

「せやさかい、音衣は狩野家の命蔵を死に場所に選んだんや」

命蔵……。絵師にとって、絵具はまさに命そのものなのだ。

「奉行所へは、病死として届けるんや」

命じた声に力は無い。八十歳を超えた身体に、娘の死は相当応《こた》えているようだった。五十歳代も終わりになって、ようやく儲《もう》けた一人娘だ。永博は、身体の一部をもがれたような苦痛を感じているのに違いなかった。

永博は背を曲げ、一回りも二回りも小さくなっていた。苦渋の皺《しわ》を顔面に刻み、涙を堪《こら》えるかのように、口をへの字に結んでいる。

早くに妻に先立たれ、音衣は永博の片腕となって、大所帯の家計を握っていた。永博もまた諒も、絵師の仕事に専念出来たのは、音衣という存在があったからだ。

「もっと早く、私が狩野家を出れば良かったのです」

思わずそんな言葉が諒の口をついて出た。

「私と音衣は形ばかりの夫婦でした。音衣には互いに想《おも》い合う男がいたのです。それを知っていながら、私は身を引くことが出来ませんでした。もっと早くそうしていれば、音衣は自ら死を選ぶことなどなかったのです」

「お前がこの家を出るやと？」

永博は厳しい眼差《まなざ》しを諒に向けた。

「わしが許す筈はない。音衣はそのことをよう知っておった」

諒には、なぜ、永博がそこまで自分に固執するのか分からなかった。養子に入らなくても、諒が狩野家の門人として貢献することは出来る。誰《だれ》が後継者になろうと、育てて貰った恩には報いるつもりであった。

「音衣は死ぬことで、狩野の家を捨てた。お前まで私を見捨てるんやない」

永博は「下がれ」と言うように、力なく片手を振った。

音衣は病死した。医者に頼んで、心の臓が突然止まる病だったことにして貰った。

音衣の葬儀はひっそりと行われたが、それでも弔問客は多かった。唐船屋が、女中を何人か寄こしてくれた。大番頭の嘉助も駆けつけて来て、通夜《つや》や葬儀の差配を取ってくれた。

夜湖は姿を見せなかった。妾《めかけ》の身で、正妻の葬儀に顔を出すことは憚《はばか》られたからだ。

永華の許へは冬信を走らせた。だが、彼もまた、最後まで現れることはなかった。

永華に詫びねばならない、そう思った。永華にとって、音衣は大切な女であった。


音衣の初七日を終えた夜、諒の画室に冬信が現れた。

冬信は部屋に入ると、襖《ふすま》の前でじっと下を向いて座っている。頭《こうべ》を垂れ、肩を落としたその様子は、まるで叱《しか》られた時の子供のようだ。

「私に何か用なのか」

諒が不審に思って声をかけると、冬信はいきなり両手を前について、「申し訳ありません」と深く頭を下げたのだった。

「私は人でなしです。音衣様をお助けすべきなのに、見殺しにしてしまいました」

額を畳にこすりつけるようにして冬信は言った。そのまま顔を上げようとしない。

両肩が小刻みに震えていて、どうやらすすり泣いているようだ。

「どういうことや」

諒は戸惑った。「見殺し」とは尋常ではない。

「あの晩、先生が唐船屋へ行かれてから……」

冬信はやっと顔を上げた。やはり泣いていたのか、掌《てのひら》で涙を拭《ぬぐ》ってから、ぽつりぽつりと話し始めた。

「蔵の前を通った時、中で何やら物音がしました。錠前が外れていたので、そっと中を覗いてみました」

すると、燭台《しょくだい》に火が灯っていて、音衣の姿が見えた。

蔵の中には長持や大小様々の箱が積み重ねて置かれている。音衣はそれらの箱の上に立っていたのだ。

「何をなさるつもりなのか、分からなくて……」

声もかけ辛《づら》く、冬信はただ音衣のすることを見ているしかなかった。

「箱を踏み台にして、梁に何かを引っ掛けようとしていました。その時になって、なんだか胸騒ぎがして、もしかしたら、音衣様は首でも吊るのではないか、と……」

「声をかけなかったのか」

尋ねた声が、自分でも険しくなっているのが分かった。

「止めようとは、思わなかったのか?」

「私は、見ていました」

冬信の声は震えている。

「どうしても、見ていたかったのです」

「音衣が死ぬところを、見ていたかったと言うのか」

「人が死ぬのを見るのは初めてでした。気がつけば燭台の灯が消えていました。小窓から照らす月明かりの中で、音衣様の足先が引き攣《つ》り、顔が苦しげに歪《ゆが》むのが見えました。その様子はとても恐ろしくて、怖くて、そうして……、あまりにも美しかったのです」

わっと冬信は泣き崩れていた。

諒の眼前に、月明かりに照らし出された音衣の姿が浮かんだ。亡くなった時、音衣は白絹の単衣を身につけていた。月光を浴びて、その絹は、この世のものとは思えないほど、青く輝いていたことだろう。

「音衣はそれほどに美しかったのか」

諒は静かに問いかけた。冬信は「はい」と頷いた。

「それは、美しゅうございました」

どこか独り言のように答えてから、冬信は涙を拭った。

「気がついたら蔵を出ていました。自分の部屋に戻ると、いつの間にか眠ってしまって。目覚めた時、すべてが夢だったような気がしました。誰かが音衣様を見つけて、私は言われるままに、永諒先生の許に走りました。その間も、まるで夢の中にいるようで……」

冬信は諒の顔を縋《すが》るように見つめた。

「まだ夢を見ているような気がします。今ここでこうしているのも、悪い夢です。絵を描こうとしても、何も手につきません。私が音衣様を殺したのだ、と、そう思うとも恐ろしくて……」

「ええか、私の言うことをよう聞くんや」

諒は冬信の両肩をしっかりと掴《つか》んだ。

「死を選んだのは、音衣自身や。その音衣を死に追いやったのは、この私や。罪は私にある。お前はただその場に居合わせてしまっただけや。何も恐れることはない。お前が罪を感じることはないんや」

「私は許されるのでしょうか。見ていたことを……」

「絵師は、美しいものを見たら目が離せんようになる。お前には、それが音衣の最後の姿やった」

「絵師ならば、それが許されるのですか」

真剣に問うて来る眼差しが、諒の胸に突き刺さる。

絵師ならば、人を見殺しにしても許されるのか……。

冬信はそう問いかけているのだ。

(人ならば、許されることではあるまい)、と諒は思う。しかし、絵師ならば？

(絵師とは、いったい何だ？)

諒は答えを知っている。だが、それは冬信自身が見つけねばならないのだ。そうすることで覚悟が生まれる。だからこう言った。

「音衣ならば、許してくれる。音衣は絵師の……」

妻だ、という言葉を思わず飲み込んだ。諒には夫たる資格は無かった。

「絵師、狩野永博の娘や。きっと分かってくれる筈や」

其の六

喪中であっても、絵の依頼は途切れることはなかった。むしろ率先して仕事を入れ続けた。さすがに婚礼用の仕事が来ることはなかったが、画人たちの生活もかかっていた。

襖絵《ふすまえ》をこなし、六曲一双の屏風絵《びょうぶえ》も仕上げた。左隻《させき》に浦島太郎《うらしまたろう》を題材にした「夢見《ゆめみ》ヶ浜《はま》」、右隻にかぐや姫の「恋竹《こいたけ》」を配した大和絵だ。華麗な出来で、評判も良かった。

差配は諒に任されていたが、永博もまた自ら筆を取った。娘を失った悲しみは、仕事でしか紛らわせることが出来なかったのだろう。


音衣の葬儀から十日が経《た》った頃《ころ》、諒は川端町の永華の住居を訪ねていた。

声をかけても永華の返事はなかった。戸を開くと、諒は勝手に座敷へ上がった。狭い中庭には、前回来た時には気づかなかった桔梗《ききよう》の一群れが、青紫色の花をつけている。鬼灯《ほおずき》の色目に沁《し》みるほど赤い。

暑い日だったが、鴨川からの風で熱気も幾分和らいでいる。

簾《すだれ》越しに、永華はぼんやりと庭を見つめていた。座敷は陰っていて、永華の姿は闇《やみ》の底に沈んでいるように見えた。

「来るのが遅うなった」

諒は永華の傍らに座った。

「もっと早《はよ》う来れば良かったんやが……」

音衣を失った永華の心を思うと、諒の胸も押し潰《つぶ》されそうになる。

「すまん」と諒は頭を下げた。

「お前になんと言って詫《わ》びればええのか、それればかりを考えていたんや」

諒は手にしていた布包みを永華の前に置いた。

「音衣の遺品の中にあった。男もんの単衣《ひとえ》や。お前のために縫うたんやろ」

諒は永華の前で、包みを広げた。

永華は横目でじろりと諒を見た。それからおもむろにこう言った。

「いったい、音衣に何があったんや」

知りたがるのも無理はないと思った。永華にとっても、音衣の自害は到底受け入れられるものではなかったのだ。

「俺《おれ》は理由《わけ》が知りたいて言うてるんや」

諒が答えられずにいると、永華はさらに問いかけた。

「俺の知る限り、音衣には自害の理由があらへん」

「お前に分からないことが、私に分かる筈《はず》がないやろ」

諒は憤りを感じていた。

「私は名ばかりの夫やった。共に暮らしていたところで、音衣の心の中までは知りようがない。理由ならば、お前の方にあるんやないか？」

永華との仲が上手《うま》く行っていたのなら、音衣は諒を求めたりはしないだろう。

ついと永華の手が包みに伸びた。永華はしばらくの間、単衣に触れていたが、やがて、グイと諒の方へ押し戻した。

「俺のやない。あんたのや」

諒が戸惑っていると、永華はたたみ掛けるように言った。

「音衣が、あんたのために縫ったもんや」

さらに永華は声を絞り出す。

「音衣がずっと心に想《おも》うていた男は、あんただけなんや」

(この男は何を言っている？)

諒の頭は混乱していた。

「音衣ははっきりと私に言うたんや。好きな男がいる。妻になる気はない。自分の身体《からだ》には、指一本触れるな、て……」

あの時の拒絶が、音衣の本心ではなかったとでも言うのだろうか。

「あんたとの婚儀が決まって、音衣は本当に嬉《うれ》しそうやった。それやのに、音衣は俺にこう言うた」

――うちと恋仲の振りをして欲しいんや。お父様が婚儀を諦《あきら》めてくれはるように――

「それほど、夫婦になるのが嫌やったんや」

「理由は知らん。俺としても、あんたと音衣が一緒になるのは面白うない。何もかも、あんたに先を越されるような気がしてな。せやから……」

――「振り」やのうて、ほんまに俺の女になるんやったら、かまへん――

まさか本気やとは思わんかったんや、と永華は力無くかぶりを振った。

「事情があるんやったら、話を聞いてやっても良かった。せやけど、『理由は聞かんと、ただ自分の思う通りにしてくれ』て言われたら、なんやええように使われるみたいで、気分が悪い」

それで出合《であい》茶屋へ連れ込んだ。音衣は覚悟を決めたように、永華の前で帯を解いた。

「ええ思いはさせて貰《もろ》うたわ。極めつけは、あの夕立の日や」

出かけるのをやめた諒が部屋に戻り、音衣と永華の情交を目の当たりにした時だ。

「あんたが家に戻って来たことに、俺は気づいとった。音衣との関《かか》わりをはっきりさせとうて、あんたが来るかも知れんのを承知で言い寄ったんや」

雷鳴が轟《とどろ》いていた。稲妻の眩《まばゆ》い輝きの中で、諒は妻が男に抱かれているのを見た。

それは、まるで……。

(あの時と同じやった)

諒は思わず両目を閉じていた。

「正直、呆《あき》れたわ。あんたは怒りもせんと、黙って出て行ってしもうた。音衣はあんたとは見せかけの夫婦やて言うてたけど、ほんまやったんや、てそない思うた」

その後、諒は永華に破門を言い渡した。嫉妬《しっと》でも怒りでもなく、ただ己の面目《めんぼく》を保つために……。

「音衣は度々お前と会《お》うてたやろ」

永華との逢瀬《おうせ》を、諒は疑ったことはなかった。

「確かに会いには来た。自分のせいで俺が破門になったのを気にしたんか、金を持ってな。詫びのつもりやったんやろ。俺との仲はそれっきりやったし、よう丹波屋で人形浄瑠璃《じょうるり》を見てたわ」

音衣は夜湖とは違い、自分の想いのたけを諒にぶつけるようなことはしなかった。

初夜の晩、諒を見つめ、音衣はきっぱりと「好きな男がいる」と言ったのだ。まっすぐに諒を見据える眼差《まなざ》しを、諒は決して忘れることは出来ない。緊張のためか、音衣の声音は震えていた……。

ふと、諒は音衣が嘘《うそ》をつく時、相手を見つめる癖があったのを思い出していた。

あれは、まだ音衣が十歳かそこらの頃だった。絵具の壺《つぼ》を落としたことがあった。

壺は音を立てて割れた。近くにいた永博が厳しい目を音衣に向けた。絵師にとって、絵具は何よりも大切なものだ。音衣は父親の許しもなく、壺の中を覗《のぞ》こうとしたのだ。

――うちやないっ――

音衣は声を張り上げた。父親に向けた眼差しは強く、必死で自分の無実を訴えようとしている。だが、その声音が震えていた。

――私がやりました――

咄嗟《とっさ》に諒が庇《かば》った。瞬間、音衣は諒を見た。その目にはうっすらと涙が浮かんでいた。

あの晩もそうだった。音衣は必死に嘘をついていたのだ。そうして、心にもない言葉を諒に放ち、好きでもない男に身を委《ゆだ》ねた。

「なんで、そないな嘘を……」

音衣の上辺の言葉を、諒は信じてしまった。その上辺の行いだけが、真実だと思ってしまった。

八歳で実母を亡くしてからは、音衣はいつも寂しそうだった。屋敷には多くの門弟が出入りしていたが、皆、絵を学ぶことと、依頼主の注文に応じることに奔走していた。

父親の永博でさえ、弟子の育成もあって、娘に構ってやる暇も無かったのだろう。庭の隅で、音衣はいつも一人で遊んでいた。母親が作ってくれたという、紅《あか》い毬《まり》を手にして……。

――音衣様と、仲ようしたってくれへんか――

諒は見かねて、夜湖に頼んだこともあったのだ。

音衣の心を、彼は見ようとはしなかった。その結果、音衣は自ら死を選んだ。

「婚儀が決まってから、音衣に何かがあったんは確かや」

永華は強い口ぶりで言った。

「なんや、急に塞《ふさ》ぎ込むようになったさかいな」

――どないしたんや。これから祝言を挙げようて女の顔やないやないか――

冗談半分に、永華は音衣に声をかけた。

すると、音衣はひどく思い詰めた目を永華に向けた。そして言った言葉が、「うちと恋仲の振りをして欲しい」……。

「永博先生が理由を知っているんやないか」

「なぜ、先生だと？」

「一度、音衣が言うてたことがあるんや」

――お父様は狂人や。狩野家のためなら、どないな恐ろしいことかてするんや――

「永博先生が、いったい何をしたと言うんや」

諒には見当もつかない。それ以上は永華にも分からないようだった。

「あの唐船屋の夜湖て女主《おんなあるじ》……」

言いかけて、永華は一瞬目をそらした。夜湖が諒の妾《めかけ》であることは、すでに永華も知っている。

「音衣とは仲が良かったな」

唐船屋で育った諒にとって、夜湖は妹のような存在だった。夜湖は諒の頼みを快く引き受け、すぐに音衣とも親しくなった。

好き嫌いのはっきりした気性の夜湖と、大人しい音衣。まるで、火と水ほどに対照的な二人だった。年齢は同じで、音衣の方が三月《みつき》ばかり早い。それなのに夜湖の方が、姉のように振舞っていた。

「夜湖さんが、音衣に祝いを持って来たことがあったやろう」

夜湖は祝いの品を選ぶのに熱心だった。

──諒はお兄さんみたいなもんや。せやったら、音衣様はお姉さんになるんやな──

異国の品々を蔵から引っ張り出しながら、夜湖は楽しそうにそんなことを言った。

「そう言えば、しばらく音衣の部屋に閉じこもって、二人で話をしていたな」

諒もその時のことを思い出した。

「あの後からや。音衣の様子が変わったんは……」

「夜湖が、音衣に何か言うたんやろか？」

ふと諒の胸を不安がよぎる。

「俺が見る限り、夜湖さんはあの頃からあんたに惚《ほ》れとった。素直に他人に渡すような、そないな女やないやろ」

現に、今では諒は夜湖の男なのだ。

いったい、音衣に何があったのだろうか……。

いくら考えても、思い当たる節が無いのが哀《かな》しかった。

(私は音衣のことなど、何も見てはいなかった)

絵を描くことがすべてで、妻にした女の心も見ようとしなかった自分は、確かに、音衣にとっては、父親と同じ冷たい男であったのかも知れない。

夕暮れの風が簾を揺らしている。ひぐらしが鳴き始めていた。諒は無言で庭の鬼灯《ほおずき》を見つめた。

やがて鬼灯の実の朱赤がぼやけて、目頭が痛くなった。涙が溢《あふ》れそうになり、思わず片手で目を覆った。

「酒を貰《もろ》うて来るわ」

突然、永華が立ち上がった。

「『菊菱』やと、ツケが利くんや」

永華が出て行くと、胸の奥につかえていた物を吐き出したくなった。

溢れるように声が出た。獣のうなり声のようだと自分でも思った。

誰《だれ》一人、見る者も聞く者もいなくなった庭に向かって、諒は嗚咽《おえつ》を漏らした。永華はしばらくの間は、戻って来ないだろう。なぜかそんな気がした。


六月二十三日、京はひどい落雷に見舞われた。二条殿の四足門《しそくもん》、相国寺《しょうこくじ》、蓮華光院《れんげこういん》などが被害に遭《あ》い、中には火災を起こした所もあった。

三日後、永博が公家《くげ》の九条家から呼び出された。九条家は京の狩野家の得意先だった。以前は御抱えの絵師を務めていたこともあったが、永博の代からは、それも途切れていた。

四代目の永敬が早世してしまったことが理由だったようだ。十六歳やそこらで五代目を継いだ永博には、御抱絵師《おかかえ》は務まらないと判断されたのだろう。絵所預《えどころあずかり》の土佐派、江戸の狩野派の流れを汲《く》む鶴沢家や山本家など、錚々《そうそう》たる家系が軒並み連なる京においては、一度失った地位はそう簡単には戻らないものらしい。

その日の夕刻、諒は唐船屋を訪れていた。

音衣の葬儀が終わってから、まだ一度も夜湖の許《もと》を訪ねてはいなかった。仕事の忙しさもあったが、音衣への後ろめたさが、諒の足を引き留めていたのだ。

夜湖は諒の姿を見ると、嬉しそうに駆け寄って来た。己の心のままに行動する夜湖に対して、いちいちその胸の内を推し量る必要などなかった。だから気が楽だったのだ、と改めて思った。

好きな物は好きと言い、嫌なら嫌と言う。子供のような無垢《むく》さが諒を魅了していた。

音衣に閨《ねや》を拒まれた諒は、足しげく唐船屋へ通うようになった。諒のために、夜湖は上等の酒を用意して待っていてくれた。そんなある夜、諒は酒の酔いに任せて夜湖を抱いたのだ。

「尋ねたいことがあるんや」

座敷に入ると、諒はさっそく口を開いた。自分でも声が堅くなっているのが分かった。

　夜湖は神妙な顔で座った。夜湖なりに音衣の死を悼んでいるのだろう。

「音衣と私が、形だけの夫婦やて知ってるやろ」

「諒さんから聞きました。音衣には好きな男がいてるんや、て」

「それが嘘やった。お前、音衣に何か言うたんやないか？」

「うちは、ただ……」

　珍しく夜湖は言い淀《よど》むと、諒の顔から視線をそらせた。

「言うてくれ」

　諒は強い口ぶりで問いかけた。

「音衣の心を少しでも知りたいんや」

「今さら、そないなことを知ってどないするんどす？」

　思いがけず、夜湖は鋭い視線を向けて来た。

「諒さんの耳に入れたい話やなかった。せやから音衣様に言うたんどす。音衣様が嫌やて言わはったら、諒さんは無理強いはしはらへんさかい……」

「私に関わることなのか」

　険しくなった夜湖の口調に戸惑いを覚えながらも、諒はなおも尋ねた。

「うちは、諒さんが傷つくのを見とうなかったんや」

夜湖は涙声になった。

「永博先生は、ほんまに恐ろしい人や。自分の子供かも知れへん諒さんを、実の娘の婿に選ぶんやさかい……」

夜湖の大きな目からは涙が溢れていた。夜湖は両手で顔を覆うと、声を上げて泣き出していた。

諒は無言でその様子を見ていた。言葉が何も出て来なかった。ただ訳が分からず、頭の中で、何度も夜湖の言葉を繰り返すしかなかった。

——自分の子供かも知れへん諒さんを……——

——……実の娘の婿に選ぶ……——

「兄妹《きょうだい》だというのか。私と音衣が……」

やっとの思いでそれだけを言った。

「分からへん」と、夜湖は泣きながらかぶりを振った。

「ただ、諒さんのお母はんは、永博先生の妾やったんや。師匠の妾に手を出したさかい、栄舟さんは破門になった。お父はんが亡《の》うなる前に、うちに話してくれた。諒さんが両親のことをどうしても知りたいんやったら、お前の口から話してやれ、て」

二人が小さな町屋を借りて住むようになって間もなく、お瑶の懐妊が分かった。

「父親が分からへんのや。永博先生の子かも知れんし、栄舟さんの子供かも知れん。栄舟さんの方は、自分の子供やて心から信じてはったそうや」

「永博先生もその言葉を信じたんやないか。私が栄舟の子供やて思うたから、音衣の婿にしたんやろう」

諒もまた、それを信じたかった。

「うちが音衣様にこの話をしたんは、音衣様の口から永博先生を止めて貰いたかったからや。幾らなんでも、兄妹かも知れん二人を夫婦にするやなんて、人として許されることやないやろ」

破談になることを、夜湖は望んだ。

「音衣様が真実を知ってしもうたら、永博先生もそない恐ろしいことは出来ひん筈や」

「永博先生は、音衣に何と言ったのだ？」

「永諒の子を産むことが、狩野家のためや、と」

永博は諒の画才を愛していた。自分の血を受け継いでいるのならなおのこと、もっと濃い血を生み出したかったのだろうか。この後の、京の狩野家の隆盛を約束してくれる、天才と呼ばれる絵師の血筋を……。

「そないな理屈、うちには分からへん」

音衣にも納得出来ることではなかったろう。

――音衣が恨んどるんは、このわしや――

永博の言葉が改めて思い出された。

絵師の家は、音衣にとって決して心地良いものではなかった。男児であれば、父の永博は将来を託すべく、手塩にかけて育てていた筈だ。音衣の代わりに諒が現れ、永博の愛情と期待を一身に受けるようになった。永博は、諒が自分の子だという確信を持っていたのかも知れない。

永博には、血の繋《つな》がりを持つ兄妹を一緒にすることに、なんの躊躇《ためら》いもなかったのだろうか。もしそうだとするなら、「お父様は狂人や」と永華に言った音衣の言葉は、まさに真実をついたものだったのだ。

（たった一人で戦おうとしたのか……）

そう思うと、ただただ音衣が哀れだった。狩野の娘に生まれたがために背負わされてしまった運命に、必死に抗《あらが》おうとして力尽きたのだ。

諒に身を委ねようとしたあの夜、音衣はすでに死を覚悟していたのだろう。己の心が、これ以上耐えられないことを知っていたのかも知れない。

　あの時、音衣の口から何かを聞き出してさえいれば、諒にも取るべき行動があった筈だ。それなのに、諒は音衣に、「自分が狩野家を出る」と言った。音衣が永華と夫婦になることを、望んでいるものとばかり思い込んで……。

　諒は立ち上がった。夜湖が驚いたように諒の袖《そで》を摑《つか》んだ。

「もう行かはるの？」

「すまん」と諒は詫びた。

「今は、お前と一緒にいる気になれん」

「うちは、いつまで待てばええんや」

　夜湖は諒の腰にすがりついた。

「いずれ、うちと祝言を挙げてくれはるんやろ」

　正妻が亡くなったのだ。夜湖を後妻に迎えたところで何の不思議もない。

「後妻を娶《めと》るつもりはあらへん」

　冷たいとは思ったが、それが今の素直な気持ちだった。

　夜湖は立ち上がると、背後から諒の身体に両腕を回した。

「子供が出来たんや。医者にも診《み》て貰《もろ》うた。三月になる」

夜湖は諒を自分の方へ振り向かせた。

「うちを奥様にして。この子を妾の子にはしとうない」

本妻の子として産んでやりたい。夜湖はすでに母親の顔をしていた。

諒はしっかりと夜湖を抱き締めると、耳元でこう言った。

「私はお前を愛《いと》しいて思うてる。せやけど、許してくれ。妻の座だけは、音衣のものなんや」

せめて、それだけは音衣に残してやりたかった。


屋敷に戻ると、冬信が来て「永博先生が呼んでいらっしゃいます」と告げた。さらに「私にも用があるそうなのです」と首を傾《かし》げる。

音衣に対する罪悪感を洗いざらい諒に話した冬信は、最近になって、ようやく落ち着きを取り戻したようだった。当初は荒れていた筆使いも、今では本来の繊細さを見せるようになっている。

永博にはいろいろ問い質《ただ》したいことがあった。母との関係や、夜湖の言葉が真実なのかどうか……。

だが、それを知ってどうなるのだろう、と思い直した。無残な死に方をした諒の父母と同じで、音衣もまた生き返りはしない。

願うことの虚《むな》しさを、諒は知っていた。どれほど願っても、望んでも、父母との暮らしが戻っては来なかったように、もはや音衣を慈しんでやることも、愛してやることも出来ないのだ。

ただ、音衣と永華の情交を見た時に感じた恐れの正体が、今になって分かったような気がした。

諒が五歳の時のことだ。いつもは働きに出ている母が、その日はたまたま家にいた。あれは、昼下がりだったか。祇園囃子《ぎおんばやし》が聞こえていたので、おそらく夏の祭りの頃だったのだろう。

昼寝から覚めると、添い寝をしていた母の姿がなかった。眠い目をこすりながら母を捜していた諒は、隣の座敷の前で足を止めた。

簾の向こうに人影があった。

なんとなく声をかけてはいけないような気がして、簾の端から覗いてみた。

見知らぬ男がいて、母の上にのしかかっていた。風が吹いて簾が揺れた。男はその顔を諒の方へ向けた。

諒はそっと後ずさりをして、寝所に戻った。夢だと思った。目が覚めれば、消えてしまう夢だと……。

夢だと思っていたから、諒はある日、その話を父の栄舟にした。普段はにこにこして諒の話を聞いてくれる父の顔が、急に恐ろしく見えたのを覚えている。

それから何日か経って、あの日の朝が来た。

血溜《ちだ》まりの中に倒れていた、父と母……。

「これは、夢や」と、自分に言い聞かせながら、夢中で描き続けた芍薬《しゃくやく》の花……。

父は母の不貞を知り、母を殺して自害した。おそらく状況は夫婦心中なのだ。

思い出してみれば、すべては自分が原因であった。無邪気な子供の言葉が、二人を死に追いやった。父母ばかりではない。音衣もまた、諒が殺したようなものだ。

「永諒先生、どうかなさいましたか?」

冬信が不思議そうに彼を見ていた。

諒は慌てて着物の袖で涙を拭《ぬぐ》った。暗がりにいたので、冬信は彼が泣いていたことに気づいていないようだった。

其の七

「競画《きそいえ》をやることになった」

永博は諒と冬信を前にして、淡々とした口調で言った。

内容の割には、声に緊張感が無い。音衣を失ってからというもの、永博の顔には苦悩の皺《しわ》ばかりが目立つようになっていた。

「二十三日の落雷で、相国寺の塔頭《たっちゅう》の一つ、蓮生院《れんしょういん》が火災に遭《お》うた」

臨済宗《りんざいしゅう》相国寺派の本山であるこの寺は、室町《むろまち》幕府の頃《ころ》、三代将軍足利義満《あしかがよしみつ》によって建てられたものだ。京都五山の中でも、第二の地位にある。東西は寺町通《てらまちどおり》から大宮通《おおみやどおり》まで、南は伏見殿《ふしみどの》や二条殿に接し、北は上御霊社《かみごりょうしゃ》にまで至る、周囲、ほぼ二十数町という広大な敷地を有していた。

「幸い雨だったので鎮火は早かったが、広間の一部が壊れてな。修繕に伴い、焼けた襖絵《ふすまえ》も新しゅうすることになった」

永博が九条家に呼ばれたのは、そのためであった。

九条家は、藤原北家《ふじわらほっけ》の流れを汲《く》み、代々摂関《せっかん》を務めて来た家柄であった。一条家《いちじょうけ》、二条家とも縁戚《えんせき》関係があり、朝廷での発言力も強い。永博の父親の代までは、この九条家に抱えられることで、京での地位を保って来たのだ。

「九条家の時胤《ときたね》様が、我が狩野家を推挙して下された。ところが、山本探川《たんせん》殿から横槍《よこやり》が入った」

山本派の始祖、宗泉は鶴沢派と同じで、狩野探幽の弟子筋に当たる。

八代将軍、足利義政《よしまさ》の頃、宗湛《そうたん》の跡を継いで幕府御抱《おかかえ》絵師になったのは、狩野家の初代、正信《まさのぶ》であった。狩野正信は相国寺の画事にも関《かか》わっていた。今の江戸の狩野家の基盤を築いた永徳は、この宗家の四代目に当たる。

――かように、狩野家と相国寺の関わりは深い。ならば今回の画事は、弟子筋の京の狩野家ではなく、江戸に依頼するのが本筋ではないか――

「京は、本来の狩野派ではないと……」

思わず諒は口を挟んでいた。眉間《みけん》にさらに深い皺《しわ》を刻んで、永博はうむと頷《うなず》いた。

「始祖の山楽は師匠の永徳の画風を引き継いだ。反対に、徳川幕府御抱絵師となった六代目探幽は、永徳の画風に逆らい、自ら作り出した画風を後々に伝えている。本来の狩野派と言うのならば、永徳風を守っている京の狩野家の方が相応《ふさわ》しい筈《はず》や」

さすがに永博も黙ってはおられなかったようだ。

——相国寺の襖絵が、初代正信の手によるのであれば、同じ画風を引き継ぐ、京の狩野家が行うのが道理やと思います——

その時、禁裏絵所預《えどころあずかり》の土佐光春《みつはる》が口を開いた。

——今、江戸の狩野家の者が京にいてはるそうどすなあ。その者と京の永諒殿とで、絵を競うてみてはどうどすやろ——

年齢はそろそろ八十歳に近い。永博よりわずかに若いが、五十歳代から京の画壇の最高峰にある光春は、おっとりとした物言いでそう進言したのだ。

——絵を競う？——

九条時胤がすぐに興味を示す。

——競うていうても、まだまだ若い。技量も経験も、永諒殿とは比べものにはならしまへん。せやけど、画才の芽は見ることができます。蕾《つぼみ》には蕾の美しさがありますよって、それを楽しむのもまた一興と違いますやろか——

光春の言葉に、時胤は大きく頷いた。

——永諒が満開の花ならば、その者は蕾か。これは面白い。競画となれば、相手が誰《だれ》であれ、永諒も手は抜けまい……——

「お待ち下さい」

永諒の後ろに隠れるようにして話を聞いていた冬信が、慌てたように口を開いた。

「京にいる間は、私はあくまで永諒先生の弟子です。弟子が師匠と張り合うなど、許されることではありません。そのような話は無かったことに……」

「その代わり……」

永博は即座に冬信の言葉を遮った。

「相国寺の画事は、この京の狩野家が請け負うことになった。師匠と弟子が絵を競うなど、そないあることやあらへん。しかも、年は若《わこ》うても、冬信は同年の者と比べて技量は秀でておる。これはなかなかの見ものだと、時胤様もすっかり乗り気になられた」

――江戸だ京の狩野だと言うても、所詮《しょせん》、絵は絵じゃ。見ごたえがあればそれで良い。

襖絵は狩野永諒に任せるゆえ、まずは競画で腕を振るうてみよ――

「この競画は、あくまで公家《くげ》衆の余興だ、と……、そう言われるのですね」

諒は永博に念を押すように言った。

「おそらく、京を挙げての騒ぎになるやろ」

諒は改めて冬信に視線を向けた。冬信の顔には、怖《おそ》れと不安が読み取れた。頬《ほお》の辺りにまだ幼さが残っている。永博は、この年齢で京の狩野家を背負わされたのだ。冬信を、もう子供扱いは出来ないと諒は思った。

「思う存分やってみなさい」

諒は冬信に叱咤《しった》するように言った。

「お前が描きたいて思うもんを、私に見せてくれ。私も、お前に私の心を見せてやろう」

それが、師匠としての務めだ、と諒は胸の内で呟《つぶや》いた。

「それで、画題は決まったのですか？」

問いかけると、永博は「児戯図《じぎず》や」と答えた。

「『花鳥画』にするか『美人図』にするか、といろいろ話も出た。しかし、経験でいうと冬信の方が劣るのは必然。幾ら建て前でも『競う』からには、公平な画題が良かろうということで……」

遊んでいる子供の姿を描かせてみよう、ということになった。

永博は改めて冬信を見た。

「明日、ここを出て、山本探川殿の所へ行くんや。猶予は五日。その間、あちらで作業を進めることになった。探川殿も指導して下さる。山本派を知っておくのも、お前にとっては良い経験になるやろう」

冬信は頷いた。自分の力を試す機会が訪れたことに、やっと気づいたようだった。

画材は絵絹を使う。大きさは、およそ四尺（約一二一センチ）と二尺三寸（約七〇センチ）の長方形。縦にするか横にするかは、画面構成によって決める。

翌朝、冬信は諒に挨拶《あいさつ》をして狩野家を後にした。

「必ず、戻って参ります」

そう言い置いて……。

音衣もいなければ、愛弟子《まなでし》もいなくなった。寂しくなるな、と諒は思った。

絵は五日で仕上げねばならなかった。冬信を見送ると、諒はさっそく画室に籠《こも》った。

紙の上に、遊ぶ子供の姿を描き出した。独楽回《こままわ》し、凧揚《たこあ》げ、かくれんぼ。江戸では「鬼ごっこ」と呼ばれる「きっきり舞《も》う」。

描いているとだんだん楽しくなって来た。幼い頃、近所の子供たちと遊んでいたのを思い出したからだ。栄舟はいつも側《そば》にいて、子供等の遊ぶ姿を紙に描いていた。家に戻ると、それらの写生画を諒に見せる。そうして、必ずこう言うのだ。

――これを写したら、お前にも絵が描けるようになる――

思えば、栄舟は諒のための粉本《ふんぽん》を作ろうとしていたのだろう。

母は昼間、ほとんど家にいることはなかった。源兵衛の話から、菊菱屋で働いていたことを知った。夜遅くまで働き、おそらく一家を支えていたのだろう。所詮、栄舟には絵を描くことしか出来なかったのだ。


「永諒先生、御客様が見えてはります」

弟子が呼びに来て、諒は仕方なく筆を置いた。

待っていたのは仙之丞だった。

仙之丞は諒の顔を見るなり、挨拶もそこそこに早口でこう言った。

「永華先生が大変なんどす。すぐに菊菱屋に来ておくれやす」

菊菱屋への道すがら、仙之丞は店で起こった騒動について諒に語った。

菊菱屋では席画《せきが》が開かれていた。源兵衛の声かけで、大店《おおだな》の旦那衆《だんなしゅう》が集まった。

絵師は客からの注文を受け、絵に仕上げる。絵はその場で即座に金に変わる。町の絵師ならば己の名を売るために喜んで引き受けるだろうが、名のある流派の絵師は、まずやらない。

破門されたとはいえ、永華も狩野派の絵師だった。だが、永華が席画に出る話は、生前の音衣の口から聞いている。仙之丞のために源兵衛から借りた金を返さなくてはならないからだ。

「一人の御客はんが……」

仙之丞は重い口ぶりで言った。

「これが米問屋の若旦那で、相当な遊び人なんどすわ。永華先生が、どないなもんでも描いてしまうのが面白うなかったんでっしゃろ。いきなり、『あぶな絵』を描け、て言い出さはって」

春画ほどではないにしろ、美人図の中でも「あぶな絵」は、女人の肌を露《あら》わにした、かなり際どいものだった。

——こう男と女が絡みおうた、春画とも見えるような……——

永華が無言になったので、若旦那はどんどん調子づいた。

「その若旦那というのは、お前の知っている男か」

問うと、仙之丞の足が一瞬止まった。すぐに歩き出したが、怒りを抑えているのか、顔がわずかに歪《ゆが》んでいる。

「米問屋『大黒屋』の、孝一郎《こういちろう》どす」

大黒屋の名前には聞き覚えがあった。確か湖舟が誰なのか教えろと、しつこく夜湖に尋ねていた男だ。

「『大黒屋』というと、孝右衛門は？」

「父親どす」

「その孝一郎が、永華が、お前から手を引かせた男なんやな」

「へえ」、と仙之丞は申し訳なさそうに頷いた。

どうやら、永華への嫌がらせが目的のようだ。

京の狩野派の絵師は、洛中洛外図《らくちゅうらくがいず》のような風俗画は描いても、今風の浮世絵は描かない。

大きく分けて、絵には二通りあった。一つは、見る者の心に訴えかけるもの。今一つは、見る者の情欲を誘うもの。後者を一段低く扱うのは、描き手がさほど努力しなくても、人の感動を得られるからだ。

そちらに走ってしまうと、日頃から画力を鍛錬する必要がなくなってしまう。つまり、これは見る側ではなく、描く側の誇りに関わる問題であった。

「それで、永華はどないしたんや」

それはあっと言う間の出来事だった。永華は孝一郎に飛びかかると、拳《こぶし》で顔を殴り、首を締めあげたのだ。

「皆さんが慌てて引き離したんどすが、若旦那の顔が、ひどう腫《は》れ上がってしもて」

こうなると孝一郎は収まらなかった。

「奉行所へ訴える言うて、もう大騒ぎになりました。御隠居さんが、永諒先生をお呼びするように、て……」

其の八

源兵衛は落ち着かない様子で、諒を待っていた。

「えらいすんまへん」

恐縮する源兵衛に、諒は頭を下げた。

「永華が迷惑をかけたようで、こちらこそ申し訳ない」

「話は、仙之丞から聞かはりましたか」

「だいたいの事情は飲み込んでいます」

「ほな、さっそく奥へ来ておくれやす」

皆は奥座敷にいた。客は八人。年配の中に、若い男が一人混じっている。これが孝一郎なのだろう。

風通しの良い廊下に横になり、女中に、片方の頰《ほお》に濡《ぬ》れ手ぬぐいを当てさせている。年の頃《ころ》は二十三、四歳ぐらい。よほど腹を立てているのか、それとも痛みのためか、庭の一点をグッと睨《にら》みつけている。

永華の所在を尋ねると、源兵衛はあちらに、と指で差し示した。

永華は部屋の奥に、不貞腐《ふてくさ》れた様子で座っていた。

諒が現れたのを見て、孝一郎の側《そば》についていた男が、すぐに食ってかかって来た。

「この始末、どうつけてくれますのや」

男は、孝一郎の顔をちらちらと窺《うかが》っている。

「こちらは、米問屋『大黒屋』の若旦那《わかだんな》、孝一郎はんどす。ここへはわてがお連れしました。わての顔まで潰《つぶ》されたんや。ただでは済ましまへんえ」

男は古物商「亀甲堂《きっこうどう》」の主人、芳蔵《よしぞう》と名乗った。年齢は四十歳代半ばに見える。年下の孝一郎にひどく気を遣《つか》っているところを見ると、大黒屋から金の融通でも受けているのだろう。

源兵衛の集めた客筋は、だいたい四十歳から五十歳代ぐらいだった。いずれも大店《おおだな》の主人らしく、身に付けた夏物の単衣《ひとえ》も上質の物だ。

ただ一人、永華とは別に、皆から離れた場所に座っている男がいた。黒っぽい麻の単衣を着た、がっしりとした身体《からだ》つきの男だった。

頭は僧侶《そうりょ》のように剃髪《ていはつ》している。四角ばった顔で、目が鋭い。年は三十四、五歳といったところだが、その妙に落ち着きはらった態度は、傲慢《ごうまん》なほど自信に満ちたものだった。

「紙と墨と、それから水を用意して下さい」

諒は源兵衛に言った。意味が分からなかったのか、源兵衛はぽかんと口を開けて、その場から動こうとはしない。

「永華の代わりに私が描きましょう」

「阿呆《あほ》っ」

永華が怒鳴った。

「あぶな絵なんぞ、狩野家の六代目が描くもんやないっ」

「ほう、あんさんが狩野永諒はんでっか」

それまでふくれっ面だった孝一郎が、にやりと笑った。

「これは面白い。あんさんが描かはるんやったら、そんでええ。その男を訴えるのはやめて、無罪放免てことにしたげまひょ。その代わり、こう、背筋がぞくぞくするようなもんを頼みますえ」

諒の前に紙が広げられた。幅はおよそ一尺五寸、丈は三尺（約九一センチ）ほどの縦長の画紙だった。

「この大きさで、あぶな絵を……」

「それは、幾らなんでも……」

背後でひそひそと声がする。おおっぴらに見る絵ではないので、大抵はもっと小さいのが普通だったからだ。

別に諒が要求した訳ではない。孝一郎が嫌がらせで用意させたのだろう。

水は大ぶりの水差しに入れさせた。唐船屋で描く時のように、手で紙の上に水を垂らし、墨を流す。掌《てのひら》や指の腹、爪《つめ》を使い、諒は小半時（三十分）も掛からぬ間に、一気に描き上げていた。

仕上げに筆を取ると、紅色をぼかしながら入れる。緑青《ろくしょう》の緑と藍《あい》もわずかに足した。

描き終わって、諒はやっと屈《かが》み込んでいた身体を伸ばした。気がつくと、自分の周囲に幾つもの顔が突き出されている。皆、画紙を覗《のぞ》き込んでいたらしい。

「終わりました」

諒は皆の顔を見回してから、おもむろに言った。それから、濡らした布で墨で汚れた手を拭《ぬぐ》う。

「なんや、これは？」

最初に声を上げたのは孝一郎だった。

「これの、どこがあぶな絵なんや」

他の皆は不思議そうに首を傾《かし》げている。

「これはまた、見事どすなあ」

一人が感心したように言った。

「確かに見事や。百日紅《さるすべり》どすな」

「百日紅の幹に、藤《ふじ》の蔓《つる》が巻きついとる」

諒が描いたのは、百日紅と藤の絵であった。

「せやから、これのどこが……」

怒りのあまり眦《まなじり》を吊《つ》り上げ、孝一郎は諒に詰め寄った。

「あんた、わてを虚仮《こけ》にしてんのか」

「まあ、待ちなさい」

その時、無言で成り行きを見ていた僧体の男が割って入った。

「わしが見ますよって、皆さん、お静かに願います」

見かけの割には、男の声音は柔らかく、穏やかだ。

男は諒の絵をしばらく見つめていたが、やがて手に取り、絵の向きをくるりと変えた。縦長だったものを横長にしたのだ。

「これが、ほんまの見方なんと違いますやろか」

百日紅の幹は白っぽく、つるりとしている。横向きにすると、百日紅はたちまち女体に変わった。

幹の二つの瘤《こぶ》は乳房であった。なだらかな山のような腰、のけぞった細い首筋。顔の辺りは紅色の花房で隠されている。極めつけは、藤蔓だ。女の身体に纏《まと》いつき、葉が処々《ところどころ》を覆っている。それが見ようによっては、人の手に見えるのだ。手は女を背後から抱くようにして、その肌をまさぐっている。

縦に見れば、藤の絡んだ百日紅の絵だ。それが、たちまち男の愛撫《あいぶ》にもだえる女体に変貌《へんぼう》したのだ。

「これはまた、艶《つや》っぽい絵どすなあ」

誰《だれ》かが言い、他の者たちも、同意するように次々に頷《うなず》いている。

やがて別の誰かが欲しいと言い出し、あちこちから買い手が声を上げ始めた。

「この絵、わしが買い取らせて貰《もら》いまひょ」

僧体の男が、よく通る声で言った。

途端に周囲の者たちはしんと静まり返った。

「せやったら、わてらは諦《あきら》めるしかありまへんなあ」

一人が肩を落とした。

「いやあ、さすがに狩野家や。応挙先生が欲しがるやなんて……」

諒は驚いて、改めて男に視線を向けた。

「御挨拶《ごあいさつ》が遅うなりまして、わしが円山応挙どす」

応挙は飄々《ひょうひょう》とした態度で応じると、「お初に御目にかかります」と丁寧に頭を下げた。

慌てて諒も頭を下げる。

(これが応挙か……)

噂《うわさ》は嫌ほど耳にしていたが、本人に会うのは初めてだ。

応挙は再び絵を縦に向けた。

「名付けるなら、『紅樹美人図《こうじゆびじんず》』どすな」

感心したように言ってから、「ところで」と諒に顔を向けた。

「幾らで売らはります?」

「『菊菱』の御隠居の言い値でお願いします」

そう言うと、応挙は鷹揚《おうよう》に頷いてから、「ちょっと、こちらへ」と諒を廊下に招いた。

座敷では、皆が絵を覗き込んでいる。縦にしたり横にしたり、その度に感嘆の声を漏らしている。

その様子を横目に見ながら、応挙は声を落として、諒に言った。

「ところで、落款《らっかん》どすけどな」

「勿論《もちろん》、入れさせていただきます」

身長はやや諒よりも低い。だが、横幅は広い。側に寄られると何やら圧迫される。応挙の全身からは、自信が炎となって立ち上っているような気がした。

「『狩野永諒』どすか。それとも、『湖舟』?」

耳元でそっと囁《ささや》かれて、諒は一瞬言葉を失っていた。

「ご存じやったんですか?」

応挙は相好を崩した。

「ちょくちょく『炉香会』には寄らせてもろうてます。『湖舟』がただの町絵師やないことぐらいは……」

応挙は言葉を一旦《いったん》止めてから、「絵の癖を見たら分かりますよって」とニコリと笑った。一見強面《こわもて》だが、笑うと意外に人好きのする顔になる。

「『湖舟』の名を入れます」

諒ははっきりと答えた。

「この名を使うのは、おそらくこれが最後になるでしょう」

「せやったら、この絵の価値は、ますます上がりますなあ」

狩野永諒が「あぶな絵」紛《まが》いの絵を描いた、だけではなく、謎《なぞ》の絵師「湖舟」が狩野永諒だったのだ。しかも、これは「湖舟」最後の絵でもある。

(これで永華の借金は返せる筈《はず》や)

それで良いと、諒は思った。


帰ろうと表に出ると、後から永華が追って来た。永華は諒の袖《そで》を取り、半ば強引に自分が借りている隣家へと連れて行った。

「すまん。許してくれ」

永華は部屋に入るやいなや諒に詫《わ》びていた。

「まさか、あれが応挙やなんて、俺《おれ》も知らんかった」

一人、ふてぶてしい態度で座っている男がいた。僧体で、皆から「先生」と呼ばれていたので、医者か何かと思ったのだと言う。

「れっきとした絵師がいてる席画に、他から絵師を呼ぶか?」

　永華は不満を露《あら》わにする。

「それより、客と喧嘩《けんか》をする方があかんやろ」

　諒はやんわりと窘《たしな》めた。永華は昔から喧嘩っぱやいところがあった。

「放蕩《ほうとう》息子でな。父親が応挙の門下に押し込んだらしい。あれで一応は円山派を気取っとる。絵のことなんぞこれっぽちも分からんくせに、一人前に人の描くもんに難癖つけよってな。果ては『あぶな絵』ときた」

「円山応挙ほどのもんが、よう弟子にしてはるな」

「孝一郎は金のなる木や。応挙もそこんところは抜け目がない」

　永華は再び諒の前に頭を下げた。

「ほんまに、すまんかった」

　それから顔を上げると、「ところで」と永華は話題を替える。

「音衣のことで、夜湖さんから何か聞いてへんか?」

　やはり気になっていたようだ。諒を家に呼んだのは、何も謝罪するためだけではないらしい。

諒は永華に、自分と音衣が実の兄妹《きょうだい》かも知れないことを話してやった。

永華はしばらくの間、押し黙っていたが、やがてしんみりとした口ぶりで話し出した。

「俺はずっと音衣を慕っとった」

音衣が十二歳になった頃から、その姿ばかりを追うようになった。

けれど、音衣の目はいつも諒を見ていた。

「あんたは全然気づいてへんようやった。俺は音衣の気持ちを知って諦《あきら》めようとした。祝言まで決まってしもうたら、もう、俺の手には届かへん」

それなのに、音衣の方から恋仲の振りをして欲しいと言って来た。

「お前には、酷《むご》い話やったな」

心は無理でも、身体だけでも自分の物にしたかったんや、と永華は苦い顔で笑った。

「心に他の男を思う女を抱くのは、結構辛《つら》いもんや」

永華は「そうか、兄妹か」と独り言のように呟《つぶや》くと、その視線を庭で揺れる鬼灯《ほおずき》に向けた。

「可哀想《かわいそう》な女や。いっそ何も知らずに、祝言を挙げられたら良かったやろに」

この男は優しい。心から諒はそう思った。諒さえ己が何者かを知っていれば、音衣と永華を一緒にさせてやることも出来たのだ。

「鬼や、永博先生は……」

永華が淡々と言い切ったその言葉は、諒の胸にもずしりと響いた。

「鬼でもあり、餓鬼《がき》でもある」

諒は静かに言った。

「絵師は皆、餓鬼道を生きとる。どれほど食ろうても、餓《う》えと渇きに苛《さいな》まれる餓鬼のように、目には見えんもんを、ひたすら求め続けてる」

栄舟もそうだった。母を働かせてでも、自分は力仕事の一つもすることなく、絵を描き続けた。

「音衣は死ぬ前の夜、私に情を求めて来た」

あの時、自分が受け入れていれば、音衣は死なずに済んだのだ。諒は今でもそう思っている。

「お前の女を抱く訳にはいかん。それで唐船屋へ行ったんや」

そうして、諒は夜湖の許《もと》で一夜を明かした。音衣はあくまで永華の女であった。

「あの二日前やったか」

永華がぽつりと言った。

「音衣がここへ来た」

永華は立ち上がると、部屋の隅にあった長持の中から、何かを取り出して来た。

それは緋《ひ》色《いろ》の絹地に包まれていた。その華やいだ色合いが、永華の手の中で妙に浮いて見えた。

中から現れたのは手毬《てまり》であった。色取りどりの絹糸が見事な菱型《ひしがた》模様を描いていた。使い古されて、糸はあちこち切れている。紅《も》絹《み》の地もすっかり褪《あ》せていた。

「音衣の毬や」

諒は驚いた。遺品の中には無かった。亡くなった母親が作った物で、音衣は子供の頃、その毬を片時も離したことはなかった。大人になってからは、大切に仕舞ってあった筈だ。

諒は毬を探した。せめて棺《ひつぎ》に入れてやりたかったのだ。

その音衣の毬が、永華の許にある。

「見つからん筈や。ここにあったんやな」

なぜかほっとした。音衣は大切な物を永華に託した。男なら誰でも良かった訳ではない。相手が永華だからこそ、音衣は身を任せたのだ。

「あんたに渡してくれ、て頼まれてたんやが」

それは、思いもよらない言葉であった。

「この前は、つい渡しそびれてしもうた。なんや、音衣の形見のように思えてな。手放しとうなかったんや」

永華は寂しそうに笑ってから、さらに言葉を続ける。

「とにかく、渡せば分かるて言うてた。人の心の分からん冷たい人やけど、毬を見ればきっと分かる、てな」

「何が分かるて言うんやろう」

諒は戸惑いを覚えて呟いた。

当然、永華にも分かる筈がない。

「音衣は生まれて来る家を間違《まちご》うたんやないか。俺には、それが哀れに思えてならん」

永華の顔が苦しげに歪《ゆが》んだ。

「音衣はあの時、すでに死ぬ気やったんやろか。それで、俺に毬を預けたんやろか」

諒は掌で毬をそっと撫《な》でた。

(私にどうして欲しかったんや、音衣)

胸の内で問いかけてみる。

（今生《こんじょう》の名残《なごり》に、一度だけの夫婦の契りを交わそうとしたのだろうか）

もはや音衣は何も語らなかった。大切な毬だけを、諒に残して逝ってしまった。

「昔、この毬が無《の》うなったことがある」

諒は話し始めた。

「庭の隅で泣いている音衣に、私は声をかけた」

――うちの毬が無い――

しゃくり上げながら、音衣は言った。諒は毬を探してやった。作業場のある狩野家の敷地は結構広い。

――あっちや。きっと、こっちかも知れん――

記憶を辿《たど》るように、音衣は諒を引っ張り回した。

さすがに諒にも音衣の嘘《うそ》が分かった。誰かに構って貰いたかったのだろう。音衣はしっかりと諒の手を握り、どこか楽しそうだったのだ。

「あんたは粉本《ふんぽん》の模写もそっちのけで、毬を探し回ったんか」

永華は呆《あき》れたように言った。

「音衣の気が済めば、毬は出て来るんやないかて思うたんや」

その日は一日中、諒は音衣と共にいた。毬は敷地の端にある、小さな祠《ほこら》の中から見つかった。狩野家の屋敷を建てる時、土地神を祀《まつ》ったという古い祠だった。代々、主《あるじ》の妻が世話をして来たらしい。音衣の母親が亡くなってからは、祀る者もいなくなっていた。

「後で永博先生にえらい怒られた。一日でも描く手を止めたら腕が落ちるていうのが、口癖《くちぐせ》やったさかいな」

音衣は嬉《うれ》しかったのかも知れない。もしかしたら、その時から、音衣は諒を慕っていたのだろう。思えば、音衣は本当によく嘘をついた。

夕暮れの小路で、しゃがんでいる音衣を見た。諒は永博の使いの帰りだった。

——足が痛《いと》うて歩かれへん——

——動けんさかい、おんぶして——

諒は何度、音衣を背負ってやっただろう。

足が痛い、おなかが痛い、気分がようない……。

諒は心配した。ところが、永博に言おうとするとピタリと治ってしまうのだ。いつしか、それらすべてが音衣の嘘だと分かった。

分かってからも、諒は騙《だま》された振りをした。音衣がそんな風に甘えて来るのは、自分に対してだけだと気づいたからだ。

(最後まで騙されてしもうたな）

胸の奥がじわりと熱くなった。嘘をつき通して、音衣は自ら命を絶った。いや、最後は本心だったのだ。心から慕う諒に抱かれたいと願ったのは……。

「知ってるか？」

永華が突然思い出したように言った。

「あんたとの婚儀が決まる前に、音衣に、江戸から縁組の話が来ていたそうや」

諒には全くの初耳だった。

「中橋の狩野家の三男を音衣の婿養子にして、京の狩野家を継がせるて話やった」

中橋狩野家は、永徳の直系筋に当たる。

「早い話が、山楽以来の弟子筋でいるより、縁組をして狩野永徳の直系になったらどうか、てことや」

「つまり、京の狩野家を江戸が飲み込むと？」

「いつまでも江戸や京や言うてんと、ここらで江戸の傘下に降《くだ》れてことや。もう一つ加えるなら、あの山楽の瑠璃《るり》や」

先日の源兵衛の話からも、江戸はあのらぴす瑠璃が、京の狩野家に存在することに薄々気づいているようだった。

「永博先生の後継者ともなれば、らぴす瑠璃を手に入れることも出来る」

永博はその話を断った。もしかしたら、永博は江戸の勢力に対抗するため、諒と音衣を無理やり結び付けようとしたのではないだろうか。

実の兄妹と知りながら……。いや、むしろ、だからこそ……。

血の濃さが新たな血脈を作る。永博は本気でそれを信じたのだ。

「断られた江戸は、同時に誇りも傷つけられた。向こうは、喜んで飛びついて来るとでも思うてたんやろう。それで、今度はあの坊《ぼん》を送り込んで来た」

「冬信は、ただ純粋に絵を学びたがっているだけや」

「本人はそうかも知れんがな。江戸の木挽町狩野家の子に生まれて、それこそ幼少時から絵の手ほどきを受けて来た天才児が、京で何を学ぶて言うんや」

冬信はあの若さで、すでにあらゆる画法を身につけていた。今さら、永諒の弟子でいる意味など確かにない。

「瑠璃は確かに価値がある。阿蘭陀《オランダ》やら英吉利《イギリス》やら仏蘭西《フランス》やらの、高貴な身分の女人たちがこぞって身につけたがるそうや。金剛石や珊瑚《さんご》みたいにな」

孔雀石《くじやくいし》もそうだった。本来は飾るための石だ。持っているだけで、地位の高さを示すことも出来る。

絵師にとって、瑠璃は珊瑚や孔雀石と同様、あくまで絵具の材料であった。砕いて粉にし、膠《にかわ》で練って発色させる。緑が欲しければ、孔雀石でなくても、銅に吹く緑青が使える。紅色ならば、珊瑚だけでなく、茜《あかね》や紅花もある。しかし、瑠璃の発色に勝る群青《ぐんじょう》はない。澄んだ水の面《おもて》のような色艶《いろつや》が出るからだ。画面で光が踊るのだ。砕き方が粗いと色は暗くなり、細かいと明るさを増す。光輝く群青……。おそらく、今、その色が出せるのは、朝鮮渡りのらぴす瑠璃だけだろう。

群青の闇《やみ》、という言葉がふいに脳裏に浮かんだ。永徳だけではない。父の栄舟もまた、その闇色を求めていた。

――天に日月星《じつげつせい》無く、地に草木花《そうもくか》無し。ただ群青の闇在りて、我、狂神舞うを見る――

永徳は、秀吉に、それが絵師の境地だと答えた。

「絵の背景を、らぴす瑠璃の群青で塗りこめることに、いったいどないな意味があるんやろう?」

誰に聞くともなく、諒は呟いていた。

永徳は、それが「絵師の境地だ」と言うのだ。

「俺が子供の頃、寺におったのは知っとるやろう」

永華が考え込むように言った。

「小僧だった頃、和尚《おしょう》から聞かされた話がある」

――魂は、死んだらどこへ行かはるんどすか――

「死んだら身体は土の下に埋められて、それでしまいや。せやけど、魂はどないなるんやろ。どこへ行くんやろ。寺で暮らしていると、始終、極楽浄土やら、地獄やらて言葉を耳にするし、絵図も目にする。それはほんまのことなんやろか。人の頭が作り出したことやないんやろか。俺は生意気にもそない思うたんや」

永華は幼くして両親と死別している。寂しさや辛さ、悲しさは、それも運命だと思えば乗り越えられる。だが、仏の教えに触れ、人の魂を送る日々を過ごしていると、やはり「魂の行き場」が気になって来るものなのだ、と永華は言った。

当然、説教をされると思っていた永華に、和尚はさらりと答えた。

――闇や――

「人の魂は闇から生まれて、闇に還《かえ》る。ただそれだけや、て」

永華は強い眼差《まなざ》しを諒に向けた。

「和尚はさらにこう言うた」

——幾千幾万もの命を湛《たた》えた闇は、きっと美しい輝きに満ちているやろ。せやから、そこは決して、暗い所でも恐ろしい場所でもあらへん。お前の亡《の》うなったお父はんやお母はんは、そないな美しい所にいてはってな。今度生まれて来る時を、じっと待ってるんや——

永華はしばらく無言で諒を見つめていた。彼がその心に何を思っているのか、諒にも分かる気がした。

（音衣も、その闇に還って行ったんやろか……）

「闇を輝かせるには、らぴす瑠璃の群青が相応《ふさわ》しい……。俺はそない思う」

やがて、永華は強い口調でそう言い切った。

「狩野永徳て男は、そないな世界を描こうとしたんやないか？」

「そうかも知れん」と諒は答えた。

「いいや、きっとそうや」

諒は言葉を続けた。

「弟子の山楽には、その想《おも》いが分かった。二代目の山雪にも伝わったやろ。絵師は群青の闇に惹《ひ》かれる。せやさかい、余計に誰にも描かれへんのやないか」

「永徳のあの詩は、画讃《がさん》やて言うてたな」

栄舟は詩を写しはしたが、絵の模写はしなかった。

「せやったら、狂神の姿がその絵に描かれている筈やろ」

——惟在群青闇、我見狂神舞——

群青の闇の中から現れる狂神に、永徳はどのような姿形を与えたのだろうか。

「瑠璃のこと、永博先生に聞いてみたんか」

永華が尋ねた。いいや、と諒はかぶりを振った。

「瑠璃のことも、音衣と私のことも、とても今の永博先生には聞けへん」

永博は画室に籠ることが多くなった。その姿は、一人で自分自身を責め続けているようにも見える。

いつしか日も暮れていた。庭は夕闇の青に染まっていた。鬼灯《ほおずき》が、音衣の流した涙のように赤い。

「競画《きそいえ》のことを聞いた」

永華がぽつりと言った。

「もう耳に入ったのか？」

少しばかり驚いた。昨日の今日でもう噂《うわさ》になっている。

「席画に集まった面々の関心の的やった。応挙も、狩野探幽の弟子筋、鶴沢派の幽汀門下で学んでいる。当然、気にはなるやろう」

そう言ってから、永華は顔を曇らせる。

「心配なんは、あんたの絵が応挙の手中にあることや。何しろ、あれは……」

「あぶな絵、か」

諒は笑った。

「あれは、あくまで『紅樹美人図』や。百日紅の木肌を女人に見立て、藤蔓と葉で帷《かた》子《びら》を表しただけの絵だ。それに、私は一言も『あぶな絵を描く』とは言うてへん」

永華は茫然《ぼうぜん》と諒の顔を見つめている。

「せやから、私は『永華の代わりに絵を描く』とは言うたが、『あぶな絵を描く』とは言うてへんのや。あの絵の見方を変えて、『あぶな絵』にしたのは応挙自身や。他の皆はそれに釣られた、それだけのことや」

「もし応挙がその場にいてへんかったら、どないしてたんや。縦に描かれた絵を横にするなんて芸当は、素人衆《しろうと》には思いつかん」

「その時は、源兵衛の口から言うて貰うよう頼んでおいた」

皆が絵を覗き込み、これのどこが「あぶな絵」だろうと首を捻《ひね》っている間に、諒は密《ひそ》かに源兵衛に耳打ちしておいたのだ。

「なんちゅう……」

永華は一瞬、言葉に詰まる。

「性悪なやっちゃ」

永華は声を上げて笑った。

その時、仙之丞が酒の徳利《とっくり》を抱えて現れた。

「源兵衛さんが、この酒を永諒先生に、て言うてはりました」

諒は受け取ると、永華に渡す。

「絵は幾らで売ったんや」

「それが」と言って、仙之丞はかぶりを振った。

「売らへんかったんどす。店に飾っとく方が、客が呼べるて……」

「永華の借金は？」

借金と聞いて、仙之丞はばつが悪い顔になる。元を正せば己のせいだからだ。

「絵で帳消しにしてくれはるそうどす」

そう言うと、仙之丞は安堵《あんど》したようにため息をついた。

日暮れになっても、四条通りは賑《にぎ》やかだった。別れ際、永華は諒に「必ず勝て」と
強い口調で言った。

——幾ら競画というたかて、優劣を決めるもんやない——

ましてや相手は弟子なのだ。もし冬信の絵に軍配が上がったとしても、それはそれで諒は嬉しい。

——そうは言うても、やはり相手は江戸の狩野家のもんや。負けたら悔しい——

——何を子供みたいなこと……——

諒は笑った。

四条橋のたもとに、清水焼《きよみずやき》を売る店があった。芝居の見物客の土産物《みやげもの》用だ。茶碗《ちゃわん》類や、皿、水差し、香炉などと並んで犬の人形がある。掌に載るほどの小さな犬だ。犬は安産のお守りだった。諒は置物を一つ買った。たまらなく夜湖に会いたかった。

夜湖は臥《ふ》せっていた。暑さと悪阻《つわり》で、食が進まないらしい。それでも、寝所を訪ねた諒を、いつもの笑みで迎えてくれた。

「今夜は泊まる」

と諒が言うと、すぐに酒食の用意を女中のお民《たみ》に命じた。お民は四十歳代半ばの、唐船屋でも古株の女中だった。

諒はお民に甘酒を頼んだ。冷たい甘酒は滋養に良い。自分ではなく、夜湖のためだ。重湯も食べられないと言っていた夜湖も、諒が勧めると素直に従った。犬の置物は夜湖をひどく喜ばせた。

「良い子を産んでくれ」

その夜、閨《ねや》の中で諒は夜湖の腹をそっと撫でた。

「この子のためにも、狩野を守らなあかんな」

夜湖は諒の腕の中で安心したように眠っていた。

永博もそう思ったのだろうか。諒のために狩野家を守る、と……。

諒は仰向《あおむ》けになると、腕を眼前に伸ばし、己の手をまじまじと見つめた。闇にほの白く浮かんだ手は、自分の物というよりも、むしろ栄舟の手に似ていた。きっと、永博も同じ手をしているのだろう。ほっそりとして、器用に動く長い指。重い荷物を運ぶ手でもなければ、日に焼けた農民の手でもない。これは絵師の手であった。

（本当に母は不貞を働いたのだろうか）

答えの見えない問いを、何度繰り返して来たことだろう。幾ら夫婦心中だと納得しようとしても、まるで小石を飲み込んだように、胸につっかえる疑問が残る。息苦しく重く、どうしても飲み下せない。

生活は確かに苦しかっただろう。稼ぎの少ない町絵師の妻として、諒の母として、お瑶はそれでも明るく笑顔を絶やさなかった。

——わしと一緒になったこと、後悔はしてへんのか——

ある日、諒は父母のそんな会話を聞いたことがあった。

——苦労は承知で夫婦になったんどす。あない親切にしてくれはった永博先生を裏切ってまで……——

——先生には、わしも申し訳ないいて思うてる。せやけど、先生にも子ができたんや。女の子やて聞いたけど、いずれ弟子の中から婿を取って、狩野家を継がせはるやろ——

そんな二人が、事件の前夜、激しく言い争っていた。いや、怒っていたのは栄舟だ。母は、ただひたすら謝るばかりであった。

——なんで、あないな男に金なんぞ借りたんや。あくどいて評判の高利貸しなんやぞ——

——この前、諒が熱を出した時の医者と薬代が入用やったんどす。菊菱の旦那さんには、これまでにも用立てて貰《もろ》うてましたし、そない度々頼めしまへん。かと言うて、不義理をした永博先生には頼れしまへん——

——当たり前やろ——

栄舟は声を絞り出すと、その場に座り込んでいた。

——わしは、自分が情けないんや。金のために女房を奪われて……——

お瑶は泣いていた。泣きながら、「堪忍しておくれやす」と言った。

——どうか、うちを離縁しとくれやす。もう、あんさんの妻ではいられしまへん——

——離縁してどないするんや？　あの男のことや。今度はお前を妾《めかけ》に囲うに決まっとる。いいや、違う……——

栄舟は強くかぶりを振った。

——あの男は、最初からそれが目的やったんや。お前に金を貸し、有無を言わせず自分の女にしようとした。わしの絵も売れんようにして……——

行灯《あんどん》の火を受けて、父の顔は鬼のように見えた。目はギラギラとして、まるで別人のようだった。

諒はわっと泣き出した。初めて見る父の顔が、あまりにも怖ろしかったからだ。

驚いたようにお瑶はすぐに諒を抱きしめて、「なんでもあらへん。なんでもあらへんさかい……」と何度も繰り返した。

それからのことがよく思い出せない。母に抱かれて布団に入った記憶はある。だが、気が付くと、母の姿は消えていた。諒は起き上がると、父母のいる部屋に入った。するると、栄舟とお瑶が、折り重なるようにして倒れているのが目に入った。しかも、辺りは一面、血の海だ。

諒は悲鳴を上げた。いや、上げようとした。

その時、大きな手が彼の口を塞《ふさ》ぎ、何者かが背後から諒を抱え上げていた。諒はそのまま隣の部屋へと運ばれた。

名も知らぬ男であった。だが、以前に見たことがあるような気がした。男は諒を夜具に寝かせると、声を潜《ひそ》めてこう言った。

――お前が見たもんは、ただの夢や。目が覚めれば消えて無《の》うなってしまう。消してしまいたければ、眠るんや、ええな――

そうして、男は諒を残して出て行った……。

「諒、諒さん」

誰かが呼んでいた。はっとして諒は目覚めた。朝の光が、夜湖の不安そうな顔を照らしている。

「どないしはりました？　えろう、うなされてましたえ」

夢を見ていたのだと分かってからも、身体の震えは止まらなかった。諒は夜湖の腰に両腕を回すと、その胸に顔を埋《うず》めた。

「まるで子供どすなあ」

夜湖は諒を抱き締めながら言った。

「諒さんには、うちがついてます。なんも案じることはあらしまへん」

夜湖に背を撫でられて、しだいに心も落ち着いて来た。

改めて昨夜の夢が思い出された。結局、諒は二人が死ぬところを見てはいない。

それに、自分を抱え上げた男のことが気になった。いったい、あれは誰だったのか？　なぜ、あの場にいたのか……。

ふいに、菊菱屋にいた孝一郎の顔が脳裏に浮かんだ。目じりのつり上がった細い目。色白の面長の顔……。

似ているとは思ったが、自信はなかった。なんと言っても子供の頃の記憶だ。それにすべてが夢のように曖昧《あいまい》だった。何よりも、あの頃、孝一郎はこの世に生まれてもいない。

「こないに汗を掻《か》かはって。よっぽど怖い思いをしはったんどすなあ」

夜湖はそう言ってから、諒の額に掛かる髪を掻き揚げた。

「せやけど、夢は所詮《しょせん》、夢どす。どないに怖い夢かて、ほんまのことやあらしまへん」

（夢は夢、ほんまのことやない……）

確かに、幼い頃の記憶などあてにはならない。昨夜の夢も、どれが真実で、どれが自分で勝手に作り出した幻なのか……。あるいは、すべてが……？

「朝餉《あさげ》の前にお風呂《ふろ》の用意をさせますよって、先に入っておくれやす」

昨晩、着替えた浴衣《ゆかた》は、汗で身体に張り付いていた。

風呂から上がり、座敷に戻ると、夜湖が食事の用意を整えて待っていた。

「身体はもうええのか」

悪阻だと言っていたのが気になったが、夜湖は晴れやかな顔で答えた。

「なんや、急におなかが空《す》いて、朝からよう食べてます。諒さんが来てくれはったお陰や、て、嘉助に笑われました」

「すまんかったな。心細い思いをさせてしもうて」

諒は詫びた。

「それに今朝は……」

言いかけて口を噤《つぐ》む。自分でもみっともない真似《まね》をしたと思った。

「何がどす？」

夜湖は惚《とぼ》けた顔をする。

「諒さんが、泣いてはったことどすか」

今度は、少し意地悪そうな顔になる。

「嬉しゅうおした」

夜湖はにこりと笑った。

「昔から、諒さんは泣くことも笑うこともせんお人やった。店のもんも、『子供らしゅうない』て言うてるのを聞いてたさかい、ほんまに嬉しゅうおした」

「私には情が無いさかいな」

諒はわざと怒ってみせる。

「長いこと、胸の奥に溜《た》めてはったんやろ。何もかも仕舞い込んで隠したつもりでも、諒さんの絵には、諒さんの心が出る。せやさかい、うちは諒さんの絵が好きなんどす」

日差しが高くなり、暑さも増して来た。夜湖は団扇《うちわ》をゆっくりと揺らしながら、諒に風を送ってくれる。

「競画の話、聞きましたえ。日にちがもう無いんと違いますか」

「後、四日や」

諒が答えると、夜湖は案ずるような顔になった。

「画題はなんどす？」

「遊んでいる子供の姿や」

「児戯図、どすな」

児戯図……。ああそうか、と思った。諒は食事の膳《ぜん》を脇《わき》に押しやり、夜湖の手を取って引き寄せると、自分の膝《ひざ》の上に座らせた。

恥ずかしがる夜湖に構わず、背後から腕を回して、右の掌をその腹に当てた。

「子供のことは、子供に聞いたらええんや」

諒は両目を閉じた。掌を通して、夜湖の温《ぬく》もりが伝わって来る。かすかだが力強い鼓動を感じた。

彼の問いかけに命が応《こた》えている、そんな気がした。

諒は唐船屋から戻ると、その足で画室へ向かった。

紙を広げ、掌で撫でてから、思い直して絵絹に換えた。絹の柔らかさが欲しかったのだ。滲《にじ》みの加減も紙とはまた違う。

何を描くかは、ほぼ頭の中に出来上がっていた。墨を磨《す》り、筆に含ませる。その時、コロコロと何かが転がって来た。膝に当たったのを見ると、音衣の毬だ。

「そうやな、そうしよう」

諒は毬に言った。絹本の上に、ぼんやりと桃の木が見えた。花の下で、毬を手にした童女が笑っている。

音衣だと思った。

其の九

競画《きそいえ》は、相国寺内の塔頭《たっちゅう》の一つで行われた。絵は、簡単に戸板に張り付けられているだけだ。期間があまりにも短いので、表装している時間はなかった。余計な装丁が無い分、絵そのもので判断される。

絵の勝敗を決めるために、九人の書画通が選ばれていた。公家《くげ》の中には、当然、九条時胤がいる。絵所預《えどころあずかり》の土佐光春、京都所司代の土井《どい》大炊頭利里《おおいのかみとしさと》の姿もあった。町衆の代表として、町代役から松原《まつばら》家と早川《はやかわ》家の当主が参加していると聞く。

絵は後ほど公開されるとあって、名のある商家の旦那衆《だんなしゅう》や、それぞれの流派に属する門人たちも大勢詰めかけていた。諒が思っていたよりも、大掛かりなものになっている。

「同じ狩野の名を継ぐ者同士で競い合っているんや。それだけでも興味が湧《わ》く」

傍らで永華が言った。永博は来なかった。

二人は肩を並べて、室町の頃《ころ》に造られた庭園を歩いていた。梅雨晴《つゆば》れの空が、池の面《おもて》を瑠璃色《るりいろ》に染めている。

「応挙が来とるぞ」

永華が囁《ささや》いた。諒もすでに応挙の姿に気づいていた。藍染《あいぞ》めの細い縦縞《たてじま》の単衣《ひとえ》を粋《いき》に着こなした大柄な坊主頭は、嫌でも目を引く。

「菊菱屋の隠居、思っていたよりも強欲な奴《やつ》や」

永華が呆《あき》れたような口ぶりで言った。

「『紅樹美人図』を応挙に売らなかったことか」

「『湖舟』が『狩野永諒』なんは、もはや皆に知れ渡っとる。その湖舟が描いた『あぶな絵』は菊菱屋の名物になるやろ。しかも競画の結果しだいでは、永諒の名前はさらに上がる」

四条川端町は、祇園などの色街が近い。永諒の「あぶな絵」は店の宣伝には持って来いなのだろう。

「今、表具屋に持ち込んどる。装丁にかなり金をかける気でいるようや」

「商売人の鑑《かがみ》やな」

諒は思わず笑った。

「お陰で借金も無《の》うなった。改めて礼を言う」と、永華は珍しく神妙な顔になる。

「仙之丞を助けるための金やったんやろ」

「知ってたんか？」

永華は真顔になった。

「音衣から聞いとる。仙之丞の借金を肩代わりしたんやて……。音衣は、お前が仙之丞に関《かか》わるのを案じていた」

どこか辛《つら》そうに眉根《まゆね》を寄せて、永華は視線を落とした。

「それで、『柳下涼扇図』はどうなったんや」

諒は話題を替えた。

「源兵衛が『炉香会』に持ち込んでな。ええ値で売れたわ。仙之丞の女人姿がなかなかの評判やったそうや。元々、芝居の台詞《せりふ》は今一つなんやが、黙って立っとれば清楚《せいそ》な色気を出す、っていうのが仙之丞の持ち味や。そのうち仙之丞の役者絵を描いてみるのも面白いて思うてる」

「上手《うま》く行けば、役者としての人気も上がるやろな」

「それで歌舞伎《かぶき》芝居が流行《はや》ればええが、一度下火になったもんは、そう簡単には元に戻らんやろ」

永華はふっとため息をついた。

「いっそ江戸に出るか、役者をやめるか、それとも小芝居の小屋で細々と続けるか、仙之丞もいずれ考えなあかんやろな」

四条河原《しじょうがわら》や北野天満宮《きたのてんまんぐう》、寺社仏閣の境内《けいだい》に立つ小芝居では、上演する期間が決まっている。安定した収入は到底見込めなかった。

「せや」

永華は何かを思い出したように、その足を止めた。

「先日の『炉香会』に、源兵衛が仙之丞を連れて顔を出した。唐船屋からは、番頭の嘉助が来ていたそうやが、夜湖さんに何かあったのか?」

「身籠《みごも》ったんや。悪阻《つわり》がひどいらしい」

その途端、永華はむっと押し黙ってしまった。

「祝いの言葉を言うべきなんやろが」と言いかけて、永華は視線をそらせる。

「音衣の気持ちを思うと、素直に喜んでやれん」

「かまへん。音衣が知らずに逝ったことが救いや」

そう言いながらも、諒の胸にはふと疑問が湧《わ》いた。

（音衣は、本当に夜湖に子が出来たことを知らなかったのだろうか）

諒が知ったのは、音衣が亡くなった後だ。三月《みつき》になると夜湖は言った。女の身体《からだ》の変化は、女が一番よく知っている。懐妊したかどうか、夜湖自身はもっと早い時期に分かっていた筈《はず》だ。

「仙之丞が言うてたんやが……」

永華は再び諒の顔を見た。

「嘉助が、音衣と会《お》うてるのを見たことがある、て」

音衣は人形浄瑠璃《じょうるり》を好んだが、たまには歌舞伎芝居の小屋にも足を運ぶことがあった。仙之丞の舞台は、たとえ脇《わき》で少し出るだけでも観《み》に行った。

仙之丞も桟敷《さじき》にいる音衣に気づくこともあった。兄とも慕う永華の女だ。芝居が終わると真っ先に会いに行った。

——姉《あね》さん、今日のわて、どないどした？——

たいして目立つ役どころではない。それでも尋ねる仙之丞に、音衣は苦笑しながら答えた。

――綺麗《きれい》やったえ。お人形さんみたいや――

果たしてそれが褒《ほ》め言葉かどうかはともかく、仙之丞は嬉《うれ》しかったらしい。

その日も、仙之丞は舞台が終わるとすぐに音衣の姿を探しに行った。音衣を見つけて声をかけようとした時、先に近づいて来る五十歳がらみの男に気がついた。

男は音衣に話しかけ、それから二人で近くの料理屋へ入って行った。二人の様子から、互いに知り合いなのは分かった。

「音衣が亡《の》うなる四日ほど前のことや。仙之丞は『炉香会』で嘉助を見て、その時のことを思い出したそうや」

「嘉助は、音衣とどないな話をしたんやろう」

「以前から会いたがっていたようや。仙之丞に留守番させてた時に、俺《おれ》の住まいを訪ねて来て、『音衣に会いたい』、て言うてたこともあったらしい」

「話があるんやったら、狩野の家に来たらええやないか」

「どないな話なんかは知らん。仙之丞がその折に、音衣はよう自分の芝居を観に来る、て言うたさかい、小屋の前で待ってたんやろ」

どうやら仙之丞は、嘉助が永華の家を訪ねたことも忘れていたらしい。

「留守番になってんのか」

呆《あき》れる諒に、永華は渋い顔を見せる。

「芝居の台詞を覚えようとしとる時は、他の事には一切頭が回らん奴《やつ》や。せやさかい、今一歩伸びんのや」

まるで出来の悪い弟を案じるような口ぶりだ。

「お前に似とる」と諒は笑った。

太鼓が鳴った。始まりの合図だ。

本堂の中央に、まず、冬信の絵が置かれた。諒は永華と共に本堂の入り口にいた。九人の選び手が、冬信の絵の前に立ちはだかるようにして覗《のぞ》き込んでいる。その脇に、冬信が山本探川と並んで座っていた。

冬信は視線を床に落としたまま、身を固くしている。一方、探川の方は、自信ありげに扇子を動かしていた。

「なかなかの腕前じゃな」

九条時胤が口火を切った。「いかにも」と、他の者たちも頷《うなず》いている。

「これは、正月の風物やないか」

と、誰《だれ》かが言った。

冬信は正月に子供たちの遊ぶ風景を描いたのだ。凧《たこ》を揚げる子供、独楽《こま》を回す子供、女児は羽根つきをし、獅子舞《ししまい》に怯《おび》えて泣き出す幼児までいる。

「なんと楽しげな」

時胤が感心したように頷いた。

正月の晴れがましい一日。おそらく元旦《がんたん》なのだろう。誰もが新しい年を心躍らせて迎える。大人が浮き立てば、子供等の胸もさらに高鳴る。この年がどんな年になるのか、誰にも分からない。それでも、人は皆、幸多かれと心から願う。そんな祈りの込められた絵であった。

選び手たちは口々に見事見事と褒めそやしている。諒も初めて冬信の画才を思い知らされた気がした。

「『児戯図』だけあって、子供には有利やな」

永華が声音に悔しさを滲《にじ》ませる。

「自分の子供の頃のことを、思い出して描いたんやろ」

(そうやない)、と諒は胸の内で永華の言葉を否定していた。

おそらく、冬信はこのような遊びをしたことがないのだろう。子供たちに混じって凧を上げたことも、独楽を回したこともない。やりたくても、やらせて貰《もら》えなかった。冬信は生まれた時から将来を決められていた。絵師の道だ。物心ついた頃から彼に与えられていたのは、紙や筆、墨、絵具の類《たぐい》であったのだ。

冬信の絵に描き出されていたのは、憧憬《しょうけい》だった。

遊んでいる子供たちの側《そば》を通りながら、幼い冬信は何を思っていたのだろう。子供等の輪に入って、共に遊ぶことを許されない身を呪《のろ》ったのか、それとも……。

「あんたの番や」

永華が諒の脇腹を肘《ひじ》で小突いた。

諒の絵が運ばれて来た。一瞬、辺りは奇妙な静けさに包まれた。が、次の瞬間、どよめきが起こり、堂内の空気が一斉に震えた。

「これは……」

選び手たちが揃《そろ》って息を飲んだのが分かった。

おそらくは暑さのせいではなく、顔を真っ赤にした土佐光春が、諒を鋭く睨《にら》みつけた。

「なんや、これは……。九条様は、『児戯図』と言うた筈や。誰が女人を描けと言うたっ」

花の咲き誇る桃の木の下に、一人の女がいた。横座りで投げ出した両足が着物の裾《すそ》から覗いている。女は手に毬《まり》を持ち、物思うように視線を遠くへ向けていた。

それが前景だった。中景、そしてさらに遠景には、幾つかの手毬が描かれている。地を転がるもの、飛び跳ねるもの、天高く上がるもの。毬は、まるで誰かの手で操られるかのように、自在な動きを見せていた。遠近法を用い、遠くになるほど毬は小さくなる。

それが絵に奥行きを与えていた。

冬信が豊かな色彩の大和絵《やまとえ》だったのに対して、わずかに彩色しただけの水墨画だった。色彩は桃の花の色と、女の唇、それにほんのりと紅を刷《は》いた頰《ほお》……。後は、手毬の模様に配した緑と藍色《あいいろ》だけだ。

それらが、白に近い黄土色《おうどいろ》の絹地に描き出されている。

裏面に彩色してあるので、色合いは淡い。墨色が画面を引き締め、調和させていた。

「毬を持つ女人がいても、おかしゅうはない」

やがて九条時胤が口を開いた。

「これはこれで見事な出来じゃ。『桃花《とうか》女人図《にょにんず》』といったところか」

「せやけど、画題に沿うてしまへん。これは美人図であって、児戯図とは違います」

光春が頑固に言い張った。

探川の顔に誇らしげな色が浮かんだ。冬信は呆気《あっけ》に取られた顔をしている。

「いやいや、これは、なるほど」

その時、顔を近づけるようにして絵に見入っていた時胤が、突然はっと笑い出した。

「子供ならば、おるぞ。可愛《かわい》らしい女童《めのわらわ》が……」

確かに子供は毬の中にいた。女の手の中の毬にも、勝手に飛び跳ねている毬の中にも。

それは、雛《ひなまつ》祭りであったり、七夕《たなばた》祭りの情景であったりもした。細筆による細密画で、一見、毬の縫い取りの模様にしか見えない。

女児の好む遊びが、それぞれの毬に閉じ込められていた。

諒はこの絵の中に、音衣の姿を描き留めたのだ。母親が生きていた頃の、まだ孤独を知らなかった幼い音衣の姿を……。

「声まで聞こえて来るようじゃ」

時胤は広げた扇を耳元に当て、絵に近づいた。

「これは賑《にぎ》やかなこと。女童は、ほんによう笑うのう」

結局、評価は割れたが、時胤のその一言で諒の勝ちが決まった。相国寺の画事も、京の狩野家が請け負うことに異論を唱える者はいなくなっていた。

永諒の力量に、江戸の狩野家に拘《こだわ》っていた山本深川も、もはや認めるしかなかったようだ。

「先生、素晴らしゅうございました」

冬信が目を輝かせて駆け寄って来た。

「お前もようやった」

余興であったとはいえ、愛弟子《まなでし》の実力を目の当たりにできたことに、諒は満足していた。

「絵は競うもんやあらへん。人の好みはそれぞれや。腕の良し悪《あ》しなら、目利きの出来るもんには分かるが、絵師の心は、そう簡単には分からへん」

冬信の心を見たと思った。絵師の家に生まれ、他の道を歩むことも許されず、ただひたすら精進を続けて来た。子供なら、もっと子供らしく遊びたかった筈だ。徹底して粉本《ふんぽん》で学ばせる狩野家では、好きも嫌いもなく、手本通りの絵を描くことを強要されるのだ。

栄舟は、そんな教え方はしなかった。

——筆なんぞ無《の》うてもええ。人には、ちゃんと神様が五本の指を持つ手を、二本も与えてくれてはる——

　手を自在に使いこなせば、それだけで立派に絵が描ける。絵具が無いなら無くても良い。墨の濃度を変えるだけで、様々な色合いを出すことが出来る。

　だから諒は絵を描くことが楽しくて仕方がなかった。他のどんな遊びよりも、絵を描いていたかった。

「あんたの心がよう見えた」

　永華が静かに言った。

「あの女は音衣に似ていたわ。あんた、ほんまに音衣を心から想《おも》うていたんやな」

　音衣との婚儀が決まった時、諒は嬉しかった。永博の娘婿になって狩野家を継ぐ。そんなことはどうでも良かった。ただ音衣と将来を共にしたかっただけだ。

「終わったことや。とうに忘れた」

　諒は笑った。笑っていないと、なんだか泣き出してしまいそうだった。

其の十

屋敷に戻って来た諒は、すぐに永博の居室を訪ねていた。

永博は縁に出て、庭を眺めていた。珍しく酒を飲んでいる。透き通った玻璃《はり》の壺《つぼ》が、青葉を映して緑の輝きを放っていた。

「御苦労やったな」

永博は労《ねぎら》いの言葉をかけてくれた。

「冬信もようやりました。深川殿の所から戻って来るさかい、後で褒《ほ》めてやって下さい」

「そうしよう」と永博は頷《うなず》く。

「唐船屋から届いた、白葡萄《しろぶどう》の酒じゃ。お前も飲みなさい」

壺と同じで、玻璃の杯《さかずき》は手の込んだ切り子細工だ。

諒は幾度か杯を重ねた後、改まったように永博に向き直った。

「お聞きしたいことがあります」

諒は永博の前に両手をついた。

「私は先生の実の子なのですか。音衣とは兄妹《きょうだい》なのでしょうか」

手にしていた杯を置くと、永博は静かな目で諒を見た。

「宗太夫が栄舟の家に行った時、お前は襖《ふすま》に絵を描いていたそうじゃ。親の流した血を絵具にして、それは楽しそうに……」

「怖かったのです」

諒は思わず声を上げていた。

「怖かったから、何かせずにはいられんかった。私は、ただ不安と恐ろしさに耐え切れなかったのです」

だから襖に絵を描いた。赤い絵具は沢山あったから、思いついた赤い花を幾つも描いた。母の好きだった芍薬《しゃくやく》を、ただ、褒めて貰《もら》いたくて……。

諒は両手で顔を覆った。涙が溢《あふ》れそうだった。

「お瑶はわしの妾《めかけ》やった。間を取り持ったのが、唐船屋の宗太夫や」

永博は一つ一つの言葉を嚙《か》みしめるように語り始めた。

十六歳で狩野家を背負うことになった永博が妻帯したのは、三十三歳の時だった。

妻は子供を産まぬまま、十年後に病が元で亡くなった。そこで、一周忌を待って後妻を貰うことにした。

新妻は、呉服問屋の娘で千瀬《ちせ》といった。二十歳《はたち》だった。しかし、四年経《た》っても一向に子に恵まれない。永博としても、どうしても狩野家を継ぐ者が欲しかった。

永博が四十八歳の時、お瑶と出会った。実家は西陣織《にしじんおり》の工房だったが、友禅染《ゆうぜんぞめ》の人気に押されて、とうとう立ち行かなくなった。

借金の形に島原《しまばら》に売られるところを、宗太夫が助けた。借金を肩代わりするのと引き換えに、お瑶に永博の妾になることを承知させた。年は十八歳。容貌《ようぼう》も優れていた。織元のお嬢様育ちで、教養は一通り身についている。絵師の妾には良いだろう、と宗太夫は考えたのだ。

永博には若すぎる女だった。別宅に置いたが、すぐには足が向かなかった。それでも、時が経つうちに、しだいにお瑶に対する気持ちも深まって行った。

しかし、お瑶は違っていた。たまに永博の使いで、弟子の栄舟が訪れていたことから、二人の関《かか》わりが始まった。栄舟はお瑶よりも三歳ばかり上だった。年齢の近さが、急速に二人を結びつけていた。

ある日、二人は駆け落ち同然に、永博の許《もと》から去って行った。永博にとっては、お瑶を失ったことよりも、将来を楽しみにしていた愛弟子《まなでし》に去られたことの方が遥《はる》かに応《こた》えた。

お瑶のことはすぐに諦《あきら》めた。女一人にかかずらっている暇など、永博には無かったからだ。

しばらくして、宗太夫を介し、お瑶が会いたいと言って来た。おそらく金の無心だろう、と永博は思った。

若い町絵師が、絵だけで食べて行くのは難しい。どうやら、お瑶が料理屋に働きに出ている様子だった。

だが、お瑶は思いもかけぬことを永博に告げた。腹に永博の子がいると言うのだ。最初は栄舟の子ではないかと疑ったが、お瑶の話から栄舟と関わりを持つ前に身籠《みごも》っていたことが分かった。

――お前たちの仲を裂くつもりはあらへん。せやけど、子供は私の許で育てる。その代わり、暮らしが立つよう援助しよう――

――子供はうちと栄舟が育てます。あの人も承知してくれてはります。お金が欲しゅうてお会いしたんやあらしまへん。それに、今さら先生の前に顔を出せた義理ではないことも、よう分かっています――

――わしに、どうしろと言うんや？――

すると、それまで下を向き、決して目を合わせようとしなかったお瑶が、キッと顔を上げまっすぐに永博を見たのだ。

——ここに、先生の血を引く子がいてます——

どこか誇らしげな顔で、お瑶はきっぱりと言った。

——京の狩野家五代目、狩野永博の子どす。そのことを、しっかり胸に刻んでおいて欲しいんどす——

「産まれるのは男児かも知れん。そうなると、栄舟のことや。きっと絵師にしようと考えるやろう。もしその子が京の画壇に躍り出る日が来たら、あれは狩野永博の一番弟子が育てた、狩野家の血を引く絵師やと、そない思うて欲しい……と」

——それが、先生の顔に泥を塗った、うちと栄舟の償いどす——

お瑶はそう言って、涙を流しながら笑った。

「お前が産まれたことは、宗太夫を通じて知らされた。わしは、お前が成長するのを楽しみに待つことにした。栄舟が、お前をどれほどの絵師に育て上げるのか、ほんまに、楽しみやったんや」

永博は視線をそらせた。その目に涙が光っているのが諒には分かった。

「あの朝」と、永博は再び口を開く。

「二人の間にいったい何があったのか。宗太夫は、お瑶のことをずっと気にかけとった。あの日の朝、家を訪ねて、二人の無残な姿とお前を見たんや」

――血塗《ちまみ》れの二親《ふたおや》の側《そば》で絵を描いていた子供の姿を、わては一生忘れられしまへん。あの子は、まさに鬼の子どすな。人の子やあらしまへん――

宗太夫は真っ青な顔で、永博に言った。

「当時、何があったのか知る者は、お前だけやった。そのお前が、一切何も言わん。町方も相手が子供では調べようが無《の》うてな。夫婦心中で片をつけるしかなかったんや」

「よく、覚えていないのです」

諒はぽつりと言った。血に塗れ、倒れていた栄舟とお瑶……。それに、悲鳴を上げそうになった諒の口を押さえた、謎《なぞ》の男の存在……。

「私の見た物が、夢なのか現《うつつ》なのか……。今もはっきりと思い出せへんのです」

「仕方あるまい。お前はまだ小さかったんや」

永博が慰めるように言った。

「何があったにせよ、栄舟もお瑶もいてへんのや。せやけど、お瑶は、お前をわしに残してくれた。心からありがたいて思うとる」

「私は本当に先生の子やったんですね。音衣は私の実の妹やった」

やっと真実が分かった。納得はしたが、やり切れなさは残る。

その時、永博が大きく首を左右に振った。

「お前と音衣の間に、血の繋《つな》がりはあらへん」

諒は言葉を失ってしまった。

「わしが最後にお瑶に会った四年後、千瀬は女児を産んだ。だが、その子は間もなく息を引き取ってしもうたんや」

千瀬は日々を泣き暮らした。永博が妾を囲っても、文句の一つも言えなかったのは、自分が子供を産んでいなかったからだ。やっと授かった命だ。永博の子として、育て上げたかったに違いなかった。

「赤子を失《うしの》うても、乳は張る。その苦痛も耐えがたかったやろう。そないな時や。乳が欲しいという者がおった」

近くの寺で捨て児があった。産まれたばかりの女児だった。顔見知りの住職の頼みに永博は応じ、千瀬に赤子を抱かせた。

赤子に乳を与える妻の顔が、しだいに変わって行くのが分かった。死人のようだった顔に生気が満ちて来る。ひとしきり乳を飲み終えた赤子を、もはや千瀬は離そうとはしなかった。

「音衣が、その赤子なのですね」

諒は肩を落とした。

「誰《だれ》から何を聞かされたのか、婚儀が決まってしばらくして、音衣はお前がわしの子ではないか、と問うて来た」

音衣は自分が永博の子であることに微塵《みじん》も疑いを持ってはいなかった。だから、諒の出生について聞いたのだ。

「わしは違うと答えた。せやないと、お前たちの婚儀は無《の》うなってしまう。音衣に、養女やとは言えへんさかい」

絵師、狩野永博の娘として生きて来たのだ。今さら親の分からぬ孤児だとは、知らせたくなかったのだろう。

(だからなのか?)

永博が諒を後継者に考えるならば、栄舟とお瑶が亡くなった後、手元に引き取り、堂々と実の息子だと世間に示すことも出来たのだ。

しかし、永博はそうはしなかった。宗太夫に任せ、あくまで弟子として諒を迎えた。

それもこれも……。

（私と音衣を夫婦にするために？）

「父親として私を引き取らなかったのは、音衣の行く末を考えたからなのですか。音衣が自分の出生を知った時、行き場を失わないために……」

永博は血の繋がらぬ養女であるより、実の息子の妻としての座を、音衣に残してやろうとしたのだろう。それが、永博の娘への愛情であったのだ。

「あなたの言葉を、音衣は信じなかった」

信じていれば、音衣が諒を拒む理由も、死ぬこともなかった筈《はず》だ。音衣は永博の嘘《うそ》を見抜いた。諒を兄だと思い、一人で苦悩した。

――お父様は狂人や――

永華にそう漏らすほど、永博を憎みもした。

「音衣は私たちが兄妹だと思い込んでしもうたんです。兄妹を結びつけてまで、血脈に拘《こだわ》るあなたの所業は、まるで……」

「鬼か」、と永博は寂しげな顔で笑った。

「音衣の目から見れば、わし等絵師は、皆、鬼なんや。名を受け継ぎ、後世まで残し続けることは、並大抵のことやない。まして主流でもない京の狩野家が生き延びるには、絵師の才を引き継ぐ血がいる。努力を重ねれば、そこそこの絵師にはなれる。だが、欲しいのは天才と呼ばれる者の血や。狩野家において永徳がそうであり、探幽もまた才能に恵まれた。京では山楽にその才があった。そうして、わしはお前を見込んだ」

　永博はじっと諒を見つめた。

「もし、音衣が実の娘やったとしても、わしはお前を婿にしていたかも知れん。その時は、最後まで、お前を息子とは認めんかったやろう」

「私には分かりません」

　悲痛な思いで諒はかぶりを振った。

「画才とはなんでしょうか。天才とは？　私は絵を描くのが好きやった。描いている時は何もかも忘れられた。気がつくと寝食を忘れ、時の経つのさえ忘れてしまう。苦しい筈やのに、胸が高鳴り、心が躍って仕方がのうなる」

　描かないではいられない。ただその衝動があるだけだ。

「群青《ぐんじょう》の闇《やみ》や」

　と、永博が静かに言った。

「天に日も月も星も無く、地に草も木も花も無い。あるのは、ただ群青の闇……。永徳はそこに狂神を見ようとした。天賦《てんぷ》の才を持つ者だけに、それは見えるのかも知れん」

「永華が、群青の闇は命に満ちて輝いている、と、そない言うてました。寺におった頃《ころ》に、和尚《おしよう》から聞いたんやそうです。せやさかい、その群青の色は、らぴす瑠璃《るり》が相応《ふさわ》しいんや、て……」

「絵師の境地とは、群青の闇に狂神の姿を見ること……」

永博が呟《つぶや》くように言った。

「狩野永徳の残した画讃《がさん》だと聞きました」

「知っておるようやな」

「『炉香会』の」と言いかけて、諒は口を噤《つぐ》んだ。「湖舟」の名で絵を描いていることは、永博にはまだ言ってはいなかったのだ。

「『炉香会』のことは聞いとる」

永博はかすかに笑った。

「お前が『湖舟』の名で絵を披露していることもな」

諒が無言でいると、永博はさらにこう言った。

「栄舟の絵を売るために、宗太夫が作った会や。唐船屋との縁を考えると、お前が出さん筈はあるまい」

「お叱《しか》りは覚悟の上です。隠すつもりはありませんでした」

「今までのことをどうこう言うつもりはない。せやけど、そろそろ手を引く時やないか」

「承知しております」

実際、菊菱屋の席画《せきが》以来、「炉香会」には関わってはいない。

「炉香会の菊菱屋源兵衛が、私に父の残した書を見せてくれました。永徳の画讃を写したものです」

「天無日月星、地無草木花……。栄舟は、あの讃に心を強く惹《ひ》かれたようじゃった」

「山楽のらぴす瑠璃の話も、源兵衛さんから聞きました。生前、父が言うてたのを覚えてはったんです」

永博は腰を上げた。部屋の奥へ向かうと、棚から一幅《いっぷく》の掛け軸を取り、諒に手渡してから、おもむろに口を開いた。

「これが、その永徳の絵や」

それは確かに古い物だった。紙地がほんのりと象牙色《ぞうげいろ》を帯びている。丁寧に広げて行くと、水墨で雄々《おお》しい虎《とら》の絵が描かれていた。

上部に讃が入り、左下には、永徳がよく使っていた「州信《くにのぶ》」の落款《らっかん》と、「狂神乱舞図」の文字が書かれている。

「『狂』は獣偏に王と書く。永徳は狂神に虎の姿を与えた。秀吉公に絵師の境地を問われた永徳は、その答えとしてこの絵を描いたそうじゃ」

——群青の闇とは、どのようなものじゃ——

と、秀吉は尋ねた。

——闇とは、黒く暗いものではないのか?——

闇とはそういうものじゃと、秀吉はさらに言った。

——絵師が見る闇は、それは深い群青をしており、眩《まぶ》しいほどに輝いております——

——そのような色を出せる絵具が、この国にあるのか——

——たった一つだけ、ございます——

それが、秀吉の軍が朝鮮国より持ち帰ったらぴす瑠璃であった。秀吉は、その瑠璃を永徳に下げ渡す約束をした。

——いつかきっと、狂神の乱舞する世界を見せてくれ——

そう命じて……。

「永徳は四十八歳で、この世を去った」

永博が再び口を開く。

「らぴす瑠璃を手にすることなく、亡《の》うなってしもうた。弟子の山楽は、その話を聞かされとった。だからこそ、大坂城が燃え落ちる前に、らぴす瑠璃を取りに行ったんや」

「江戸は、永徳の掛け軸とらぴす瑠璃のことを、どこまで知っているのでしょうか」

「何度か問い合わせの文《ふみ》が来た。存在するなら、江戸が所有するのが本分だとでも言いたいんやろう」

永博の声音には抑え切れない怒りがあった。

「山楽は、永徳にとってもっとも信頼出来る弟子やった。せやから、山楽も、永徳亡き後の狩野家を支え続けたんや。絵もらぴす瑠璃も、この師弟の間を強く結びつける絆《きずな》のようなものや。徳川家康の御用絵師となりながらも、関わりを怖《おそ》れるあまり、山楽の命乞《いのちご》いの一つもしなかった江戸の狩野家が、口を挟むことやあらへん」

強い口調で言い切ると、永博は大きく息を吐いた。

「江戸から、音衣との縁談が来ていたとか」

永博が落ち着くのを待ってから、諒はその話を口にした。永博は驚いたように諒を見た。

「誰にその話を聞いたんや」

「音衣が、永華に話したとか」

永博の苦り切った顔からは、当時、彼が感じた屈辱が読み取れた。

諒は言葉を続ける。

「江戸が欲しかったのは、永徳の掛け軸とらぴす瑠璃だったのではないか、と。ならば向こうは、すでにそれらが京にあることに、確信を持っているのではありませんか」

しかし、永博はそれには答えなかった。彼はさっきとは打って変わって、静かな口調でこう言った。

「夜湖が身籠ったそうやな」

諒は咄嗟《とっさ》に返事が出来ないでいた。

「唐船屋の嘉助から聞いたんや。出来れば、一日も早《はよ》う杯事《さかずきごと》を済ませて欲しいそうや。宗太夫が亡《の》うなってからは、嘉助は夜湖の親代わりや。案ずる気持ちも分かる。宗太夫には、お前が世話になった恩がある。音衣の四十九日が過ぎるのを待って……」

「その話は、すでに断りました」

諒はきっぱりと言った。

「夜湖とは、これまで通り夫婦として過ごすつもりです。ただ、狩野永諒の正妻は音衣だけなのです。それは生涯変わらないでしょう」

永博はしばらくの間押し黙ったままだったが、やがて一つ頷《うなず》くとこう言った。

「お前の思うようにしたらええ。わしが口を出すことやないさかい」

それから、永博は改まったように諒に視線を向けた。

「わしはな。永徳の掛け軸もらぴす瑠璃も、大切な娘も、すべてをお前に譲るつもりやったんや」

それが叶《かな》わなかった無念が、永博の顔には滲《にじ》み出ている。

「音衣はもういてへん。せめて、らぴす瑠璃がここにあれば……」

「待って下さい」

諒は怪訝《けげん》な思いで永博に問いかけた。

「らぴす瑠璃は、この家にあるのでは？　父は先生と共に蔵の中で見つけたように聞いているのですが……」

「確かに、あれは狩野の蔵の奥に仕舞われてあった」

永博は音衣の初七日が過ぎた頃、諒にらぴす瑠璃を譲ろうと考え、蔵に入った。

「それが、あらへんのや」

と、永博はため息をついた。

大事な画材を収めた蔵の鍵《かぎ》は、諒が管理していた。だが、当然、永博も持っている。

「どない探しても見つからへん。まるで、誰かが持ち去ったように……」

「私の鍵の置き場所は、音衣が知っていました」

だから音衣は、あの諍《いさか》いの後、蔵に入ることができたのだ。

(音衣ならば、自由に蔵に出入りができる)

「音衣は、らぴす瑠璃のことを知っていたのですか?」

「いいや」と永博は即座にかぶりを振った。

「この話を知っているのは、栄舟とわしだけや」

永博は困惑したように肩を落とした。


その夜、諒は唐船屋を訪ねていた。夜湖は諒の成功を心から喜んでくれた。顔色も良く、元気そうだ。少し頬《ほお》がふっくらしている。食欲もあるようだ。

嘉助が永博に言った言葉が思い出された。一日も早く杯事を済ませたい。それは、嘉助というよりも、夜湖自身の本心なのだ。

子供を正妻の子として産むか、妾の子として産むか。それには大きな違いがある。父親からすれば、どちらも愛《いと》しい我が子だが、女親はそうは行かない。まして、正妻の座が空いている今、すべては諒の気持ちしだいであった。

「以前、音衣に、私が兄かも知れないと告げたと言うたが、お前が知っていたのは、ほんまにそれだけなのか」

生前の宗太夫から夜湖が聞いていたのは、諒が永博の子ではないかという疑惑であった。

実際、永博はそれが事実であることを認めた。宗太夫が知っていて言葉を濁したのか、あるいは本当に詳しいことを知らなかったのかは、今となっては分からない。

夜湖はその話が事実かどうか、永博に確かめるよう音衣に勧めた。だが、永博は音衣に真実を告げなかった。彼は養女であると教えるより、諒を婿養子として狩野家に迎えることにした方が、音衣が傷つくことなく、実子に跡を継がせられると考えた。

「今さら、なんでそないなことを聞かはるんどす？」

夜湖の顔に不安の影が揺れている。確かに、今になって真実を知ったところで、音衣が生き返る訳ではない。

「そうやな。もう終わったことや」

今も音衣が生きていたら、本当のことを教えてやり、夜湖との縁も切れていたのかも知れない。しかし、そうなることこそ、夜湖は一番恐れていたのだ。

「永諒先生、お話がございます」

廊下から小声で呼びかける者がいた。嘉助であった。

先に休むよう夜湖に言ってから、諒は嘉助を伴って庭へ出た。

「もっと早《はよ》うに話さなあかんて、思うてましたんやけど」

諒の背に向かって、言い訳めいた口ぶりで嘉助は言った。

「お前が、音衣が亡くなる四日前に、四条の芝居小屋で会《お》うていたのは聞いとる」

諒は嘉助を振り返った。

「お前が芝居好きとは知らなんだ」

「永華はんの家に行って、音衣様がいてはらへんか尋ねたことがおます。丁度、仙之丞て役者がいてましてな。自分が出る舞台はよう見に来てはるて聞いたんで、芝居小屋へ行ってみたんどす」

「音衣と永華のこと、お前は知っていたのか？」

「門弟の方々もおおっぴらには言わしまへんけど、噂《うわさ》があるのは知ってました」

永華の住まいは、門弟の一人から聞き出した。鴨川の東側、祇園に近い「川端町の料亭『菊菱屋』の隣」は、さほど分かり難い場所ではなかったのだ。

門人等の中には裕福な商家の子弟もいる。祇園遊びもするだろう。そこで、近所に狩野家を破門になった絵師がいることぐらいは、耳にすることもあったようだ。

「『炉香会』で仙之丞と会うたそうやな」

諒の言葉に、嘉助は「へえ」と神妙な声で頷いた。

「ほんまは隠し通したかったんどすけど、わてが音衣様に会おうとしていたことは、いずれ、あの役者の口から漏れますやろ。そう思いましたさかい、声をかけさせて貰いました」

そう言って、嘉助は深いため息をついた。

「わては、嬢《とう》はんが可哀《かわい》そうで見ていられんかったんどす」

嘉助は実直な人柄だった。

「嬢はんが身籠ってはるんやないかて、最初に気づいたのはお民どした」

——このところ、食べ物の好みが変わって来はった。月の物も遅れてはる——

（もしや、子が出来たんやないか。そうなら目出度《めでた》い話や。せやけど、何かが間違《まちご》うとる）

嘉助は、咄嗟にそう思ったのだと言う。

「永諒先生の正妻は確かに音衣様どすけど、実際は、嬢はんが妻の役目をしてはります。嬢はんが身籠らはったんやったら、子は正式に狩野家の後継ぎでないとおかしい。

それで、わては音衣様にご相談しようと……」

「音衣に何を言うたんや」

そう問うた声の鋭さに、自分でも驚く。

「身を引いて貰いたいんや、と。子供まで出来たんやさかい、嬢はんが本妻になるのが、筋やないか、て」

「音衣は、なんと言うたんや」

すると嘉助は苦しげに顔を歪《ゆが》めた。

「『出来しまへん』、そう言わはったんどす」

――父が許さしまへん。せやなかったら、最初から結びつけたりはしてまへん――

永博は兄妹と承知で夫婦にしたと、音衣は思っていた。離縁など許す筈もない、と。

――子供は引き取ります。うちが母親になって、立派に狩野家の子として育てますさかい、安心するよう、夜湖さんに伝えておくれやす――

「その言葉を聞いた時、わては頭が熱うなりましてな。『なんちゅう言い草や』て腹が立ちましたんや。狩野永博の娘やて顔をしていても、ほんまは、どこの馬の骨か分からん捨て児やないか。それが形ばかりの妻のくせして、嬢はんを妾扱いして……」

「嘉助、お前は音衣が養女やてことを知っていたのか」

諒は語気を強めた。

「丁稚《でっち》の頃から、ずっと唐船屋で奉公してきたわてどす。大旦那《おおだんな》様は、わてを心から信頼してくれはりました。狩野家と唐船屋の関わりは長い。わては、狩野家の内情をよう知ってますのや」

「養女や、て、音衣に言うたのか」

悲痛な思いで諒はさらに問いかける。

押し殺したような声で嘉助は答えた。

「まさか、あないなことになるやなんて」

――あんさんは狩野家とはなんの縁もないお人や。せやから黙って家を出たらそれで済むんや。生活のことは心配せんかてええ。ちゃんと暮らして行けるだけの金は、用意したるさかい――

真実を知って、音衣の心は壊れてしまった。兄だと思えばこそ、諒との関わりを避け、他の男に身を任せたのだ。それだけでも苦しかっただろうに、今度は全く血の繋がりが無いと知らされた。孤児の身で、狩野永諒の妻を名乗り続けることは、もはや音衣には出来なかったのだ。

音衣はすべてに絶望し、身を引く決心をした。それは、自ら命を絶つことだった。

暗澹《あんたん》とした想《おも》いが、諒の胸に広がって行った。

実の娘ではなくても、せめて息子の妻に……。そんな永博の心は、ついに音衣には

届かなかった。

（いいや、そうやない）と、諒はすぐに思い直した。

永博の心を、この時、音衣は初めて知ったのだ。これまで、永博は音衣の望んだよ

うな父親ではなかった。娘の孤独を分かろうともしない、冷たい父親であった。

永博の深い情愛を知った時、音衣は、自分が父の想いを踏みにじってしまったこと

に気がついたのだ。

（せやから、狩野家の蔵やったんや）

そこは京の狩野家を支える「命蔵」だった。音衣にとっては、狩野永博そのものを

表す場所でもあったのだ。

音衣は自分の死に場所に、父の懐《ふところ》を選んだ。恨みなどではない。むしろ、詫《わ》びたい

気持ちで一杯だったのだろう。自ら振り切ってしまった夫の腕には、どうしても縋《すが》れ

なかったのだ。

「このことは、嬢はんは一切知りまへん。わてが勝手にやったことどす。どうか、わ

てを罰して下さい。音衣様を死に追いやったのは、わてどすさかい」

嗚咽《おえつ》を漏らしながら嘉助が言った。

諒は思わず天を仰いだ。細い月が音衣の儚《はかな》い命を思わせるように、ひっそりとそこにあった。

永華にすら心の内を晒《さら》すこともなく、音衣は孤独のまま逝ってしまった。

諒の許に、赤い毬《まり》だけを残して……。

其の十一

数日、諒は画室に籠《こも》って過ごした。相国寺蓮生院の広間の襖絵《ふすまえ》は三面ある。諒は日がな一日、絵の構想に時を費やしていた。

さほど広い座敷ではない。廊下側から正面に襖四枚、左右それぞれ四枚ずつ。およそ丈五尺四寸（約一六四センチ）、幅三尺五寸（約一〇六センチ）の画面が、十二枚あるということだ。いずれも花鳥画を依頼されている。

蓮生院の庭にはその名の由来の蓮池《はすいけ》があった。入って右面に桜樹を、正面には竹林、左面には梅の古木を配するつもりだった。若者から壮年に、壮年から老人へと移り、やがて極楽の蓮の花に至る。

つまり実景を含めた四面に、人の一生の時の移ろいを描き出そうと考えたのだ。桜樹は枝垂《しだ》れ桜にした。桃色の花を無数につけた枝が、雨筋のように幾本も垂れ下がる。細い枝が若々しさを表し、全面に配することで華やかさを出す。

樹幹は緑青《ろくしょう》の緑色に、藍銅石《らんどうせき》の藍色を加え、初々しさと力強さを表すつもりだった。

正面は青々として、伸びやかな竹の林だ。風が通って行く様を表すために、それぞれの竹や、葉の一枚一枚に動きをつける。

老梅には花を咲かさない。幹は太く、木肌はごつごつしている。そして、枝は生き物のように大きくうねらせる。

これには、狩野永徳の「檜図《ひのきず》」や、狩野山雪の「老梅図《ろうばいず》」を参考にした。永徳が考案した大画形式の画法だ。

桜には目白《めじろ》の群れを、竹林には番《つが》いの孔雀《くじやく》を、そして老梅の枝には、一羽の鷹《たか》を止まらせる。これらの構図を考えるのに、ほぼ六日ばかり費やした。

後は絵師を決めねばならない。門人の中から冬信を含む五人を選んだ。しかし、どうしても永華の力が必要だった。

「竹林は、お前に任せたいんや」

諒は永華の前に頭を下げた。永華がなかなか「うん」と言わなかったからだ。どんな事情であれ、永華を破門にしたのは諒であった。他の門人たちの手前もある。今さら戻る訳には行かないというのが、永華の言い分であった。

「俺《おれ》が破門になった理由を、門人たちは知っとるやろう。あんたの妻を寝取ったからや。そないな男の差配に、素直に従うと思うか？」

「せやから、お前の力を皆に見せつけてやってくれ」

諒は懇願した。

「お前の仕事を見たら、納得するしか無《の》うなる。絵を描くもんは皆同じや。人柄がどうこうていうより、描いた絵がすべてなんや」

「あんた、それは褒《ほ》め言葉なんか？」

永華は胡散臭《うさんくさ》げに諒を見る。

「お前は、私に借りがあるやろう」

今度は脅しをかけてみる。ちっと永華は舌打ちをした。

「あぶな絵か……。確かに、あれには助けられたが」

そう言ってから、「条件がある」、と顔を近づけて来た。

「仙之丞に俺の手伝いをさせる。ええか」

「役者に絵師の真似事《まねごと》をさせる気か」

幾らなんでも、それは無理だと諒はかぶりを振る。

「これは座興やない。狩野家一門が引き受けた大仕事や」

「仙之丞は芝居小屋を追い出された」

永華は不満を露《あら》わにして言った。

「大黒屋は京でも指折りの大店《おおだな》や。そこの若旦那《わかだんな》に目をかけて貰《もら》えるだけでもありがたいのに、それを袖《そで》にした言うて、座頭《ざがしら》が怒ったらしい」

元々主役を張っている訳でもない。ただでさえ、歌舞伎《かぶき》芝居の世界は厳しいのだ。贔屓筋《ひいきすじ》の援助がなくては成り立たない。

「見込みはあるんか」

「仙之丞の絵姿を描いた『美人図』は人気がある。しばらくは稼げるが、仙之丞も役者以外に職を見つけなならん。俺の仕事ぶりを見て、興味を持っているのは確かや。出来ることなら、俺の手で育ててやりたいて思うとる。まだ描くことは出来ひんが、下働きには使えるやろ。墨を磨《す》ったり、胡粉《ごふん》を砕いたり、絵皿や筆を洗うことぐらいは出来る」

狩野派の画人にはなれんでも、何年か修業させれば、町絵師で稼いで行ける筈《はず》や、と永華は言うのだ。

そこまで熱意を持って頼まれれば、承知するしかない。年齢からすれば、まだ遅くはなかった。指導しだいでは絵職人になれるだろう。

翌日、さっそく永華は仙之丞を連れて、狩野家に戻って来た。

老梅と鷹は諒が担当する。しかし、全体に筆を入れるのは、棟梁《とうりょう》の役目であった。

「それで、地はどないする？　金箔《きんぱく》か金泥《きんでい》か」

金地に濃彩は、確かに絢爛豪華《けんらんごうか》だ。

「相国寺は禅寺《ぜんでら》や。銀箔を使う」

銀色の背景に、色は出来るだけ抑え目にする。

「墨黒を基調にして、彩色を施す。桜図は華やかに。垂れた枝の間で目白が戯れる。竹林は、青や緑色で吹き抜ける風の色を出す。青は岩群青《いわぐんじょう》と青黛《せいたい》を、緑は岩緑青を使う」

この場合の岩群青は、藍銅石を砕いたものだ。青黛は藍の染料から作った顔料であった。岩緑青は孔雀石《しんしゃ》を粉状にしたものだ。粒の細かさが違えば、色合いも変わる。

「黄色は雌黄《しおう》を。辰砂の朱色で、雄《おす》の孔雀の開いた尾羽に彩りを入れる」

「それで、老梅は？」

永華も冬信も、引き込まれるように諒の話に耳を傾けていた。少し離れた場所では、仙之丞がよく分からないなりにも、真剣な顔で聞いている。

冬信は仙之丞の存在に戸惑っているようだった。

――お前の弟弟子《おとうとでし》の仙之丞や――

諒は冬信に紹介した。

――兄《あに》さん、よろしゅうたのんます――

自分よりも四歳ほども年下の冬信に、仙之丞はぺこりと頭を下げる。冬信は困ったような顔で頷《うなず》いただけだった。

「銀箔の背景に、墨と胡粉で梅の幹や枝を描く。古木の荒い幹は、かつての永徳のように、藁筆《わらふで》を使うつもりや」

永徳は太い樹幹を表現するのに、自ら藁束で作った筆を使用したという。

「鷹はどうするのですか」

冬信が尋ねた。

「墨に金泥と胡粉の白を使う。鳥はあの世に魂を運ぶと言われとる」

「鷹の背に乗って、極楽浄土へと向かうんやな」

「池に蓮の花が咲く頃《ころ》にだけ、襖絵は完璧《かんぺき》な状態になるのですね」

頭に思い描いているのか、冬信は大きくため息をついた。

今年の蓮の時期には間に合わないが、来年の夏には、それは見事な絵になるだろう。

人は広間に足を踏み入れ、右面の「桜鳥図《おうちょうず》」に息を飲み、正面の「孔雀竹林図《くじゃくちくりんず》」に心を揺さぶられる。

そうして、左面の「鷹老梅図《たかろうばいず》」に圧倒され、その後に迎えてくれる満開の蓮の花に、魂の浄化を感じる……。

庭先で膠《にかわ》を煮るのは、仙之丞の役目だ。彼は大汗を掻《か》きながらも嫌な顔一つせず、幾つも並んだ七輪《しちりん》の前にいた。元来物覚えも良いのだろう。冬信に教えられて、岩絵具を練る手つきもしだいに様《さま》になっていた。

冬信もいつの間にか仙之丞に馴染《なじ》んでいる。

それでも、最初は大変だった。仕事を終え、一息ついていると冬信がやって来てこう訴える。

――あの者をなんとかして下さい――

――何があったんや――

――私は、先生や永華先生の仕事ぶりを見て、いろいろと学びたいのです――

冬信は、時折、自分の絵に筆を入れるのをやめ、諒の手元を真剣に見ていることがあった。藁筆を使う永徳の技を、少しでも身に付けたかったのだろう。

目白の絵を他の門人に任せ、永華の孔雀の羽根に彩色をしているところも見た。冬信にとっては、今回の仕事は願ってもない学びの場であったのだ。

――仙之丞が、いちいち煩《うるさ》いのです――

永華のやっている町絵師の仕事と違って、狩野家はすべて大掛かりだった。それを目の当たりにした仙之丞もまた、何もかもが物珍しかったようだ。兄弟子とはいえ、冬信は年下だ。聞き易《やす》さもあったのだろう。

――今は何をしているのかとか、あの色の名前はなんと言うのかとか、同じ赤色でも辰砂《しんしゃ》と茜《あかね》では何が違うのかとか、色合いが違うとはどういうことなのか、とか――

数え上げれば切りがない。しかも、そのどれもが絵師の疑問というより、素人《しろうと》のそれであったのだ。

――岩絵具と顔料の違いまで聞かれました。膠の役目から礬水《どうさ》を引く理由まで――

自分の思うようにならない他人との関《かか》わりは、冬信には初めての経験だったようだ。狩野家に来て、他の門人等から疎外されても、冬信には痛くも痒《かゆ》くもなかった。彼には、永諒の許《もと》で学びたいという強い思いがあった。それが叶《かな》いさえすれば良かったのだ。

ところが、仙之丞の存在が冬信の想《おも》いを邪魔するようになった。諒は冬信が苛立《いらだ》ったり、愚痴をこぼす姿を初めて見たような気がした。それでいて、彼は生真面目《きまじめ》なほど辛抱強く、仙之丞の相手をしてやっているのだ。

「面白いな。江戸の坊《ぼん》も、人の子やったんや」

夜、永華は酒を持って諒の部屋にやって来る。自分が飲みたいからで、諒に勧める気はないらしい。

「差配を取る棟梁が酔いつぶれていたんでは、仕事にならんやろ」

そう言っては、美味《うま》そうに杯《さかずき》を口に運ぶ。

「仙之丞を近づけたのは、冬信にとっても良かったようや」

諒は永華の手から杯を取り上げると、手酌で一杯飲み干した。

「冬信には友人てもんがいてへん。絵を描くには困らんが、あの年頃には良うない」

諒の言葉に、永華はクスリと笑った。

「友人やて？　そないなもん、俺にはいてへんし、あんたかてそうやろ」

それを否定する気は、諒にも無い。

「私やお前ならそれでええ。冬信には少しは違った生き方をして欲しいんや」

「それは、あいつが自分で決めることや」

永華はきっぱりと言い放った。

蓮生院の修復が終わったのは、九月半ばの頃であった。絵は予定通り八月の終わりには完成していて、後は表具師の許で、襖絵に仕立て上げられるのを待つばかりになっていた。

十月十三日、襖絵は無事に蓮生院の広間の三方を飾った。

右面の枝垂れ桜、正面の竹林、左面の老梅と、それぞれが銀箔の背景に浮かび上がり、まさに此岸《しがん》の儚《はかな》さと華麗さ、重厚さを余すことなく伝えて来る。

出来栄えを確認するため、諒は永華と共に広間にいた。そこへ冬信と仙之丞がやって来た。仙之丞の手には酒の徳利《とっくり》があった。

「菊菱屋の源兵衛さんから、料理と祝いの酒が届きました」

仙之丞は徳利を諒の前に置いた。冬信の方は、重箱の包みを提げている。

すでに日も暮れかかっていた。相国寺の和尚《おしょう》が「月見でもしはったらどうどす」と、勧めてくれたのだ。

「庭に蓮が無いのが、残念やな」

諒は呟《つぶや》いた。蠟燭《ろうそく》の明かりが襖絵を照らし出している。庭の池の蓮の花が満開になるまでは、襖絵は完成を見ない。

「今夜は存分に月を楽しもう」

気を取り直して、諒は三人の顔を見渡した。

「皆、御苦労さんやった。ほんまにようやってくれたわ」

秋の夜空は澄み渡り、十三夜の月は金箔を貼《は》りつけたようだ。

「花が無いなら、咲かせたらええんや」

永華はそう言って、帯の間に挟んでいた舞扇を仙之丞に放《ほう》った。

「一指し、舞え。今宵《こよい》はお前が花や」

仙之丞は受け取った扇を手元で開いた。それから笑みを浮かべて、諒に見せる。扇には蓮の花が描いてあった。永華が今日という日のために用意したものだと、すぐに分かった。

仙之丞はいったん扇を閉じると、庭を背にして立った。空の月と燭台《しょくだい》の灯に照らされた仙之丞は、すっと腰を屈《かが》めると、くるりと身体《からだ》を反転させる。

女形の髷《まげ》を付けている訳ではない。着ている小袖《こそで》も、舞台衣装とはかけ離れた地味なものだ。

それでも、広げた扇を胸元に当て、片手をすっと伸ばしたその指先の所作までが、確かに女人のしなやかさと艶《つや》やかさを伝えて来る。

舞いながら、仙之丞はよく通る声で唄《うた》い出した。

――恋はおぼろの花の色、染めて染められ散る命。

月は凍れる水鏡、主《ぬし》を映せど手に取れぬ。

雪はさらりと冬衣、この身に纏《まと》いて春を待つ――

（まるで音衣の心のようだ）

そう思った。諒への想いを心の奥深くに押し隠し、春を待つことなく、一人この世を去った、女……。

今さらのように愛《いと》しさが込み上げて来る。諒が自分の想いにもっと早く気づいてさえいれば、一人で悩ませることも、苦しませることもなかったのだ。

来年、蓮の花が咲けば、少しは音衣の魂も安らぐのではないだろうか……。

「永諒先生」

それまで仙之丞の舞い姿に見惚《みと》れていた冬信が、そっと話しかけて来た。

「女人図が見えます。仙之丞さんの動きの一つ一つが、私の頭の中で絵になるのです」

冬信は興奮を抑えきれない様子だ。

「ならば、仙之丞の舞い姿をよく覚えておくんや。絵師は、これぞと思うた光景は忘れたらあかん。己の心が動かされた時は、なおさらや」

はい、と頷《うなず》く冬信に、諒はさらにこう言った。

「せやけど、心は奪われるんやないで」

その言葉が聞こえているのかいないのか、もはや冬信から返事はなかった。

冬信は顔を突き出すようにして前のめりになっている。右手の人差し指の先が、畳の上をさらさらと走っていることに、おそらく、本人も気づいてはいないのだろう。

月明かりを受けて、仙之丞の手が宙空を舞う。扇がひらひらと翻《ひるがえ》り、満開の蓮花を浮かび上がらせる……。

（いいや、心を奪われるんや）

絵師は我を忘れて惚《ほ》れ込み、のめり込んで、そうして、再びこの世に戻って来なくてはならない。

空っぽの、中身の無いただの器となって、そうして、そこから新たな世界を生み出さなくてはならない。

そこにあるのは、ただ群青の闇《やみ》。

絵師とは、その闇に狂神を見る者でなくてはならない……。

狩野永諒の名が京の画壇を席巻したのは、翌年の蓮の花が咲く頃であった。

明和七年の年が明けた。前年の十一月の朔日《ついたち》、夜湖は女児を産んでいた。音衣の死という不幸があった年だった。蓮生院の襖絵を完成させた後、九条家から永諒を御抱《おかかえ》絵師にするという話も舞い込み、何かと暗くなりがちだった永博の顔に明るさが戻りかけた矢先だった。

永博の喜びが狩野の家全体を包み込み、弟子たちの笑い声も響くようになっていた。しかし、夜湖は諒の前で不満を口にした。

——男の子が欲しゅうおした——

諒の跡を継ぐ男児を産むことが、夜湖の望みであったようだ。

——子供ならまた作れる。私は娘が出来て嬉《うれ》しい——

それが諒の素直な気持ちだった。女児ならば、婿を迎えれば良い。子供に恵まれることが、何よりの喜びだったのだ。

娘は「美生《みお》」と名付けた。難産ではあったが、夜湖の乳の出も良く、すくすくと育ってくれた。

ただ、夜湖は未《いま》だに諒の正妻ではなかった。音衣が哀《あわ》れだという思いが先に立ち、どうしても決心がつかないのだ。

その代わり、可能な限り、諒は唐船屋で夜を過ごすようにしていた。

夜湖はそれで満足しているようだった。

夜湖の口からは「妻にして」との言葉は出なくなり、嘉助も音衣を追い詰めてしまった罪の意識からか、二度とその話をすることはなかった。

諒はこの年、御月扇御用職《おつきおうぎごようしょく》を得た。毎月、禁裏に扇絵を献上する名誉ある職であった。すでに土佐家や鶴沢家もこの職にある。

ただ、扶持《ふち》はわずかに銀十五枚で、土佐や鶴沢に比べるとその待遇ははるかに低かった。

おそらく諒の年齢に起因するのだろう。すでに熟練の腕を持つ土佐、鶴沢と違って、諒はこの年、三十歳を迎えたばかりであった。

九条家からの仕事や、その他の収入に助けられ、諒は一層、門人たちの育成に力を入れるようになった。

永華は諒の右腕になってくれた。冬信もまた、諒の助けになった。

「江戸へ帰らなくてもええのか」

一度、尋ねてみたが、今はその気は無いようだった。

冬信の許で粉本《ふんぽん》の模写の指導を受けていた仙之丞は、日ごとに腕を上げていた。冬信の仙之丞を見る目も、今ではすっかり変わって来ている。

もはや戸惑うことも苛立つこともなく、絵を教えること以外は、年上の仙之丞を兄のように慕っていた。

歌舞伎芝居や人形浄瑠璃《じょうるり》も、何度か連れて行って貰ったらしい。仙之丞と一緒だと、舞台を表側だけでなく、裏からも見ることが出来るのだと、嬉しそうだった。

役者絵をよく描くようになった。舞台上だけでなく、化粧をしている様子を描くこともあった。

「鏡に映る顔が、あっと言う間に変わってしまうのです」

化粧をする姿を見るのが、ことに楽しいのだと冬信は言った。

顔が変われば、人柄まで変わる。穏やかな男がたちまち勇猛な武者となり、化粧を落とせば、再び物柔らかな人間に戻る。それを見るのが面白い……。

「あのまま放っておいたら、今に浮世絵師になってしまうぞ」

永華が茶化した。数年前から、江戸では「錦絵《にしきえ》」という、多色刷りの浮世絵版画が流行《はや》っていた。

「木挽町の狩野家から浮世絵師を出したとあっては、えらいことになる」

「江戸が文句をつけて来たら、謝るだけや」

諒は笑って応じた。

其の十二

翌、明和八年。諒は三十一歳になった。前年の夏も終わる頃《ころ》、師匠であり、義父というよりも実の父であった永博が、八十数年の生涯を閉じた。

先代永敬を早くに亡くし、不遇にあった京の狩野家をひたすら守るために、その人生を費やした一生であった。

諒は永博の残した作品の中に、何十枚もの虎図《とらず》の下絵があるのを見つけた。永徳の画讃《がさん》に心惹《ひ》かれていたのは、何も山楽や栄舟ばかりではなかった。

(狂神図を描こうとしていたのだ)

諒は確信を持った。永徳にとって、獣の王は虎であった。その力強さ、しなやかさ、毛色の神秘的な美しさ。獰猛《どうもう》さの中に気品すら湛《たた》え、何者にも屈せず、何者にも支配されない。その神々しさに、永博もまた心を奪われていたのだろう。

（あの瑠璃《るり》を使いたかったに違いない）

諒は改めてらぴす瑠璃の行方《ゆくえ》を思った。

永博は栄舟と共に、蔵にあるらぴす瑠璃を見ている。真綿で包まれるようにして、桐《きり》の箱に納められていた、と、後に永博から聞いている。

――瑠璃は箱ごと消えていた。まるで最初から存在していなかったかのように――

栄舟がその話を源兵衛に語っていなければ、永博自身が夢でも見たのではないか、と疑っていたことだろう。

永博は死の間際、らぴす瑠璃を永諒に譲れなかったことだけを、ひどく悔やんでいた。

（誰《だれ》かが持ち去ったのだ）

それ以外は考えられなかった。蔵の鍵《かぎ》を持っているのは、永博と永諒だけだ。弟子が二人の部屋へ勝手に入ることはない。ただ、音衣だけは、どちらの部屋にも自由に出入りできた。

（蔵の鍵を持ち出したのが音衣だとすれば、らぴす瑠璃も……）

疑いたくはなかったが、どうしてもそこへ行きついてしまう。しかし、もし音衣がどこかへ隠したのだとすれば、その理由は？

（そもそも、音衣は山楽のらぴす瑠璃の存在を知っていたのだろうか？）

永博が話していたのかも知れない、と思った。絵師にとっては貴重な絵具ともなる石の話を、昔語りのように……。

諒はふと視線を床の間に向けた。違い棚の端に、音衣の毬《まり》が置いてある。その毬で無心に遊んでいた少女の姿が、瞼《まぶた》の裏に見えるような気がして、思わず目頭が熱くなるのを感じた。

色の褪《あ》せた紅絹《もみ》の色が、水に溶けるように滲《にじ》んだ。

零《こぼ》れそうになる涙を指で拭《ぬぐ》おうとした諒は、風もないのに毬が棚から転がり落ちるのを見た。

毬はそのまま転がり、諒の傍らにあった文机《ふづくえ》の脚にぶつかった。その拍子に、机の上にあった紙の束がバラリと散った。

諒は紙を拾い集めようとして、あっと思った。

（これは、あの時の……）

音衣が最後にこの画室を訪れた夜、諒が見ていた冬信の習作だ。音衣を振り払って部屋を出て行った諒は、唐船屋で一夜を明かした。

その後、音衣が死に、様々な事柄が続く内に、冬信に返しそびれていた。諒ばかりか、冬信自身も、忘れてしまったようだ。

先日、棚に置いてあったのに気づいた。冬信に渡してやるつもりで、文机に置いておいた物だ。

諒は絵を拾い上げては、重ねて行った。三十枚ほどあったであろうか。一枚一枚眺めていると、冬信があれからさらに腕を上げたことが、改めて確認できた。

(よう精進しとる)

冬信は己の技量に奢《おご》ることなく、真剣に絵と向き合っている。師として、それが何よりも嬉《うれ》しかった。

その時、ふと諒の手が止まった。十数枚の紙の中に、一枚だけ漢文の書かれた物が交じっている。

(画讃《がさん》の稽古《けいこ》でもしていたのだろうか?)

それにしても見た記憶はない。紙を手に取った諒は、すぐにそれが冬信の字ではないことに気が付いた。

線が細く流れるようで、それでいて意志の強さを示すような癖がある。冬信の文字は本人の生真面目《きまじめ》さを表すようにもっと四角張っている。

(これは……、音衣の字だ)

紙の中ほどに、漢籍から抜いたらしい一文が書かれている。

――湖月此心明《こげつししんめい》――

「湖月……」

呟《つぶや》いてから、諒はあっと声を上げそうになった。

正しくは「孤月此心明」である筈《はず》だった。


――なあ、これ、なんて書いてあるん？――

絵師には漢籍の教養も必要だった。音衣がまだ五、六歳の頃、諒がその一文を書いているのを見て、尋ねて来たことがある。

――浮雲《ふうんじ》時事《じあらたまり》改、孤月、此の心《こころ》明らかなり――

諒は声に出して読んでやった。

――いろいろ大変なことがあったけど、今は、丸いお月さんのように、心は明るうて、綺麗《きれい》に澄み切っている……。そないな意味や――

――ふーん、大変なこと、て、なんえ？――

無邪気に問い返してくるその顔を見て、諒は答えた。

――今の音衣は、知らん方がええことや――

あの時、宋《そう》の蘇軾《そしょく》の詩に惹かれたのは、自分自身に当てはまるような気がしたからだ。

（しかし、これは、わざと字を変えてある）

諒は改めて紙に目を落とした。

（孤月が、湖月に……）

「そういうことか」

諒は思わず呟いていた。

「湖」は「夜湖」だ。これは、音衣の遺書だったのだ。

音衣はすべてを知った。諒と夜湖とのことも、夜湖に子ができたことも、そうして、自分が永博の養女であり、諒との間に血縁はなかったことも……。

行き場を失い、戻る場所もなく……。そんな中、自分さえこの世から消えれば、すべてが上手《うま》く行くのだと思い込んでしまったのだ。

自分は、狩野という川の流れを堰《せ》き止める岩のようなもの……。

音衣は一人で苦しみ悩み、とうとう狩野家から身を引く決意をした。音衣にとって、それは己の死を意味していたのだ。

諒の立ち去った部屋で、音衣はこの詩を書いた。冬信の習作の中に紛れ込ませたのは、いつかそれが諒の目に触れると考えたからだ。

（随分、時がかかってしもうた）

およそ二年もの時間をかけて、音衣の心はやっと諒に届いたのだ。

（それでも……）

と、諒は思う。

（それでも、生きていて欲しかった……）

今となっては、音衣を慰めてやることも、己の情の無さを詫《わ》びることも、愛してやることもできないのだ。

ふと、膝頭《ひざがしら》に何かが当たった。見ると、いつの間にか音衣の毬がある。使い古され、縫い取りの糸もあちこち切れている毬を手にすると、今でも、音衣の温《ぬく》もりが残っているようだった。

――うちのことはええんどす。あんさんには、幸せになって貰《もら》いたい。そうして、狩野の家を守って行って貰いたい。それが、うちの願いどす――

そんな言葉が聞こえて来るような気がして、諒は声を殺して泣いたのだった。

この年、諒の仕事はさらに増えていた。唐船屋へ行くのもままならなくなったが、夜湖を訪ねた時は、出来るだけゆっくりと時を過ごすようにしていた。

美生は三歳になった。しっかり歩くようになり、諒と手を繋《つな》いで、唐船屋の広い庭を散歩するのが日課になった。

もっとも、諒と一緒だとすぐに抱っこをせがむ。「おとうたま」と呼ぶ、舌足らずなしゃべりも愛《いと》おしく、美生の側《そば》にいる間だけは、絵のことさえも忘れてしまった。

「うちに会いに来たんと違うんどすか？」

その日、膝に美生を乗せて、春の夕暮れの庭を眺めていた諒に、夜湖は不満そうな口ぶりで言った。美生はいつしか腕の中で小さな寝息を立てている。お民に渡そうとしても、すぐに目を覚まして嫌がるのだ。

「美生様は、ほんにお父様がお好きなんどすなあ」

お民は呆《あき》れたように笑う。美生は決して諒の側を離れようとはしなかった。

夜湖が諒から美生を抱き取った。熟睡しているのか、美生も目覚めることはなかった。

美生を寝所へ連れて行くと、夜湖は再び戻って来て、諒の傍らに座った。そっと身体《からだ》を寄せ、「子が欲しゅうおす」と諒の耳元で囁《ささや》く。

二人目に恵まれないことに、夜湖は焦っているようだった。男児を産まないと、諒が妾《めかけ》を囲うとでも思っているのだろう。

そんな気は毛頭なかったが、確かに唐船屋に来ても、夜湖といるより美生と過ごすことが多くなっている。

「来なさい」

諒は夜湖を寝所に呼んだ。

子を産んでも、夜湖の身体は変わらず美しかった。諒の腕の中で様々な姿態に変貌《へんぼう》し、肌は焼けるように熱くなる……。

諒が唇を重ねようとした、その時だ。

美生の泣き声が聞こえ、諒は弾《はじ》けるように身体を起こしていた。

夜湖が行くなと言うように、諒の腕を摑《つか》んだ。

「夢でも見たんや。放《ほう》っといたらええ」

夜湖の声は冷え冷えとしている。

「そうも言うとれんやろ」

諒は美生のいる部屋へ向かった。

夜具の上に座り、美生はひどく泣いていた。諒が両手を差しのべるとすぐに飛びついて来る。

「大丈夫や、お父様がいてるさかいな」

美生は泣きやみ、諒の肩先に顔を埋《うず》めた。禿《かむろ》の髪を撫《な》でてやる。しばらくそうしているると、落ち着いたのか再び寝息を立て始めた。

諒は美生を抱きかかえて廊下に出た。夜湖がこちらを見ていた。

夜湖はそのまま寝所に戻ってしまい、それきり二度と出て来ようとはしなかった。

何かがおかしい、とは思っていた。しかし、それを確かめる機会がないまま、数日が過ぎた。

そんなある日、嘉助が訪ねて来た。唐船屋からは、よく絵絹が届く。長崎で仕入れた清国の物だ。清の絵師による画本を頼むこともあった。だが、大番頭の嘉助が自ら品を届けに来ることは珍しい。

「永諒先生に、ぜひ聞いていただきたいことがおます」

何やら心配そうな顔つきで、嘉助は諒の前に畏《かしこ》まって座った。

「嬢《とう》はんの様子が、なんやおかしゅうて」

このところ、夜湖は美生をお民に任せっぱなしなのだと言う。

「母親の情愛が無い訳やないんどすけど、どうも、美生様を厭《いと》うておいでのようで」

信じられない話であったが、心のどこかに「あるいは」という思いもなくはない。

「美生様の御世話は、すべてお民がやっております」

嘉助は言葉を続けた。

「乳も離れたことやし、嬢はんも店の帳場を見てはるさかい、それはそれで仕方があらへんのやけど」

「お民はなんと言うてんのや？」

「なんや、おかしいとは思うてるようどす。あまりにも母親らしゅうないというか」

「男児を欲しがっていたのは知っているが、美生も自分が産んだ子やろうに」

難産であった。母子共に無事だったことだけで、諒は満足だった。二人目を作ることにあまり乗り気になれないのは、夜湖の身体を思ってのことだ。

「お産の折、お民が側についていましてな。後で夜湖様が妙なことを言うていたのを、思い出したんやそうどす」

――音衣様が、いてはる――

陣痛の苦しみに、何度も気を失った夜湖は、うわ言を繰り返した。

――音衣様が、うちの子を連れて行こうとしてはる――

朦朧《もうろう》とした意識の中で、夜湖は音衣の姿を見ていたらしい。その音衣が……。

「おなかの中に飛び込んだんやそうどす」

嘉助の言葉に、諒は背筋に冷たいものを感じた。

「夜湖は、美生が音衣の生まれ変わりやとでも思うているのと違うか？」

もしそうなら、夜湖は美生を嫌っているのではなく、恐れているのだ。ならば、美生のためにも、夜湖の不安を取り除いてやらねばならなかった。

諒が唐船屋を訪ねたのは、深夜を回った頃だった。さすがに美生は眠っている。夜湖はすぐに酒の用意をさせた。今夜ばかりは、美生に邪魔されることはないだろう。

酸味の強い白葡萄《しろぶどう》の酒は、井戸水でよく冷やされていた。唐船屋で育った諒は、異国の酒には慣れていた。永華などは決して葡萄酒は飲まない。渋いとか、酸っぱいとか文句をつける。

夜明けまでは充分間があった。二人で過ごす時間はたっぷりとある。夜湖が寂しがるのも無理はなかった。忙しさのあまり、諒は確かに夫としての務めを怠っていたのだ。

「祝言を上げよう」

諒は夜湖に囁いた。

（音衣も、それを望んでいる）

心からそう思えた。音衣の中には、夜湖に対しての妬《ねた》みも恨みもない。それは、あの遺書とも言える漢詩の一節が示している。

だからこそ、音衣は夜湖の出産の折も、側にいたのだろう。苦しむ夜湖を励まし、出産の喜びを共に感じていたのかも知れない。

「いつまでも音衣の影を引きずっていた私が悪かったんや。音衣も、私たちがほんまの家族になるのを望んでいる。それに、音衣は妹や。元々、夫婦の縁はあらへんのや」

「いもうと」と言う時、喉《のど》に何かが引っ掛かったような気がした。夜湖はいったいどこまで知っていたのだろうか……。

宗太夫は死の間際に、夜湖に諒の出生を話した。嘉助は音衣が養女だと知っていた。

夜湖は音衣に、諒が永博の子かも知れないことを伝えた。音衣は永博に問い質《ただ》した。

永博は違うと答えたが、音衣はその言葉を信じなかった。

（夜湖は、音衣が養女だとは知らなかったのだろうか？）

もし知っていれば、夜湖はそのことを音衣に告げたのだろうか。

永博の口からは、真実が述べられることはないと知っていて、音衣に尋ねさせたのだろうか……。

「ほんまに奥様にしてくれはる？」

夜湖の目が涙で潤んでいる。

「待たせてすまなんだ」、と諒は詫《わ》びた。

「私が美生を愛《いと》しく思うのは、お前が命がけで産んでくれたからや。それに、あの娘は昔の夜湖によう似とる」

夜湖は不思議そうな顔で小首を傾《かし》げた。

「私の後をいつも追いかけていた、あの頃のお前にそっくりや」

夜湖はしばらく戸惑いを見せてから、思い切ったように顔を上げた。

「諒さんが、狩野家に弟子入りしてから、うちは不安で不安でしようがなかった」

夜湖は両手でしっかりと諒の手を握り締めた。

「狩野家には、音衣様がいてはったさかい」

「ずっと、音衣に私が取られると思うてたんか？」

「そうなってしもうた。永博先生が、諒さんと音衣様の祝言を決めてしもうたさかいに」

夜湖の言葉には、恨みと悲しみがあった。

「うちは、諒さんが断ってくれるて思うてた。うちを選んでくれるもんやとばかり……」

裕福な商家の一人娘に育ち、母親を早くに失いはしたが、欲しいものはなんでも手に入れて来た夜湖だった。諒と音衣の婚礼話が、どれほど夜湖を傷つけたのか、今の今まで、諒は考えたこともなかったのだ。

「うちを選んでくれてはったら、あないなこと、音衣様に言うたりはせんかった」

「宗太夫から聞いたのは、ほんまにそれだけか」

諒は思い切って尋ねてみた。別に夜湖の言葉を信じていない訳ではない。ただ、夜湖の本心を確かめたかっただけだ。

訝《いぶか》しそうに、夜湖は諒の顔に視線を向けた。

「私は確かに永博先生の子だった。だが、音衣は養女だ。私との間に血の繋《つな》がりは無い。そのこと、お前は本当に知らなかったのか？」

夜湖の目が一際大きくなった。しばらく口を噤《つぐ》んでから、夜湖は言った。

「うちを疑《うたご》うてはるんどすか」

夜湖の弓を思わせる眉《まゆ》が、怒りで跳ねあがった。

「うちが、嘘《うそ》を音衣様に伝えたて、そない言わはるんどすか」

「あんまりや」と震える声で言うと、夜湖はその顔を歪《ゆが》めた。

「せやったら、音衣様を殺したのは、うちやてことになる。うちは人殺しや」

声を上げて泣き出した夜湖を、諒は抱き締めていた。

夜湖はすべてを知っていたのだ、と諒は思った。そうでなければ、音衣が養女だと聞いた時にもっと驚いていた筈だ。

夜湖は音衣を騙《だま》した訳ではない。ただ、永博の口から真実を聞くように勧めただけなのだ。永博が諒と音衣の縁組に拘《こだわ》る限りは、どちらかの出生をごまかす必要があった。

音衣のために、永博は真実を曲げた。

一度裂かれてしまった絹が、どんなに繕《つくろ》っても元へは戻らないように、互いを思い合う気持ちが、音衣を最悪な道へ追い詰めてしまったのだ。

それは、諒にとっても永博にとっても、また夜湖にとっても不幸な出来事だった。

だが、人は不幸なままでは生きては行けない。「生きる」ということは、「不幸」を「幸」に転化させることだ。五歳の時、諒は両親の死を目の当たりにした。その不幸を、幸せに変えるために、彼はここまで格闘して来たのだ。

音衣は、残して行く諒の幸せを望んだ。それに応《こた》えることが、諒が音衣にしてやれる精一杯の愛情なのだろう。

「音衣はお前を恨んだりはしてへん。せやさかい、出産の折、苦しんでいたお前を、音衣は助けに来たんやないか。お陰でお前も美生も生きてここにおる」

諒の言葉に、夜湖はやっと納得したようだった。白々と夜が明けている。夜湖の顔も、どこか死人のように青ざめて見えた。


三日後、諒は夜湖と杯《さかずき》を交わし、晴れて夫婦となった。

披露の席は、是非にと菊菱屋が用意してくれた。源兵衛が手放さなかった湖舟のあぶな絵は、思った以上に客を呼び込んだらしい。

菊菱屋は繁盛し、鴨川の対岸にも、店を構えるようになっていた。

内輪《うちわ》で済ませたいというのが諒の意向ではあったが、なかなか思うようには行かなかった。夜湖にも、株仲間の付き合いがあったのだ。

さらに落ち着くまで三日を要した。

夫婦になった当初は、狩野家で起居を共にしていた夜湖であったが、ひと月が経《た》つ頃には、再び美生を連れて唐船屋に戻って行った。

女主人として、狩野家を取り仕切っていたが、間もなく「唐船屋が気になる」と言い出したのだ。

「嘉助に任せてあるさかい、うちが店を見んかてええんどすけど、せっかくお父はんが残してくれはった店なんやし」

そう言った顔が、なんだか言い訳でもするようだった。

「商家とは違《ちが》うさかい、やり辛《づら》いんやろ。お前の好きなようにしたらええ。私が唐船屋へ通えばええんや」

狩野家は住居とは言え、仕事場でもある。むしろ諒にとっても、夜湖とは唐船屋で過ごす方が、気持ちを切り替える上でも都合が良かった。

いずれにせよ、諒の正妻になったことで、夜湖は安心したようだ。美生に接する態度も、すっかり母親らしくなっていた。

ただ、後になって、諒はお民から夜湖の本心を聞かされた。

「狩野家には今も音衣様がいらっしゃるような気がして、居心地が悪いんやそうどす」

未《いま》だに、夜湖の心には音衣へのわだかまりが燻《くすぶ》っていたのだ。

其の十三

それは、四月に入ったばかりのことだった。「菊菱屋」の源兵衛が諒を訪ねてやって来た。

「競画《きそいえ》の話がおますんのやけど」

遠慮勝ちに源兵衛は言った。

「競画はもうやらん。そう決めてる」

諒はすぐさま断った。

「へえ、そのお気持ちはよう分かってます。せやけど、応挙先生の望みどすねん」

「円山応挙が？」

正直、驚いた。

「どうしても、湖舟はんと競うてみたいて言わはって……」

と、言いつつ、源兵衛はやたらと手ぬぐいで額の汗を拭《ふ》いている。

あれから応挙はさらに弟子も増やし、京の町絵師の中でも頭角を現していると聞く。

競うつもりはないと言いつつ、諒の胸の内に何やら熱いものが湧《わ》いて来るのも事実であった。

「九条様お抱えの永諒先生と、町絵師では確かに格が違います。せやけど、絵の上手《うま》い下手は、格や地位で決まるもんやあらしまへん」

と言ってから、源兵衛は慌てたように、自分の顔の前で片手をぶんぶんと振った。

「わてと違いますえ。応挙はんが、そない言うてはるんどす」

「断ればなんと言う気や」

「応挙の勢いに恐れをなして、狩野永諒が逃げた、とかなんとか……」

「随分、自信があるようやな」

「それはもう。何しろ、今や応挙先生の絵は町衆の間ではことに評判がよろしゅうて」

「『炉香会』が関《かか》わっているのか？」

美生が生まれてから、夜湖は「炉香会」から手を引いていた。諒も湖舟の名で描いてはいない。

「今、『炉香会』はわてが仕切らせて貰《もろ》うてます」

源兵衛はどこか誇らしげな顔になる。

「それで、応挙は何を描けと言うんや」

気が付いたら、すっかりその気になっている自分がいる。

（上手く乗せられてしもうたな）

もはや自嘲《じちょう》するしかない。

「『月』やそうどす。もし、湖舟先生に異論がなければ、の話どすけど」

「『月』とは、また、ありきたりやな」

とは言うものの、相手は応挙だ。ただ月を描けば良いというものではあるまい。

「それと、紙本ではなく絵絹を使用とのことどす。それも、絖《ぬめ》を」

「絖本《こうほん》を？」

「絖」は、近頃《ちかごろ》、清国から入って来るようになった繻子《しゅす》織《おり》の絹地であった。普通の絹と違って、ほとんど水を受け付けない。墨が滲《にじ》まないのだ。暈《ぼかし》が出来ないので、諒の得意とする没骨《もっこつ》の技法が生かせない。

これまでの絵絹でも、描法によっては、滲ませないために、礬《どう》水《さ》や寒天で下塗りをする場合もあった。だが、滲みの効果を生かすのを好む諒は、絵絹は素のままで使うことの方が多かったのだ。

同じ絹でも絖は違う。何度か試してみたが思うような画面にならず、とうとう諦《あきら》めてしまった。

――始末が悪い絹や――

永華などは一度で投げ出している。

「応挙先生は、あの『絖』がすっかり気に入ってはりましてな。木々の枝葉や竹林、風にそよぐ草、それに動物の毛並みなどが、実物のように見える、てそない言わはって。織の糸目がええ味を出すんやそうどす」

写生に拘《こだわ》る応挙らしい言葉だ。

「いつまでや」

ついに諒は日取りを尋ねていた。応挙がすでに絖を使いこなしている、それを聞いては、よけい断る訳には行かない。

「ひと月後の五月朔日《ついたち》、『炉香会』が、『千代菊《ちよぎく》』で月見の宴《うたげ》を開きますねん」

「新月や。月が無いやろ」

それに、月見ならば、やはり十五夜だろう。

「確かに月はあらしまへん。せやさかい、わても応挙と湖舟の月が観《み》たいと……」

「随分と酔狂な話やな」

諒は思わず笑っていた。

「そうどすねん。月は空やのうて、『千代菊』の座敷に昇ります」

「千代菊」は、源兵衛が鴨川の西の対岸に新しく出した料亭の名前だった。

「日にちが幾らも無いな。絵に三、四日かけて、後は表装に回さなならん」

「やってくれはりまっか」

久々に心が躍るのを感じていた。ここしばらく、自分の描きたいものを描いていなかった気がした。九条家を通じて得る仕事は、広間や寺の本堂、座敷を飾る襖絵《ふすまえ》や屏風絵《びょうぶえ》、または衝立《ついたて》、掛け軸などが主だった。濃絵《だみえ》や大和絵《やまとえ》、漢画もあれば、墨絵もある。いずれにせよ、客の注文に添ったものだ。

「この話、承知した、て応挙に伝えてくれ」

諒は身を乗り出すようにして言った。

「『月無しの月』やて？」

夜、酒を抱えて諒の部屋を訪れた永華は、呆《あき》れたように首を傾《かし》げた。

「秋でもないのに、月見の宴を開く。しかも、新月の夜に、か」

ほんまに酔狂な奴《やつ》らや、と、永華も諒と同じことを言う。

「応挙も、何を言い出すやら……」

「私は面白いと思う」

諒は庭に視線を向けた。月明かりで辺りがほんのりと明るい。萌《も》え始めた草が、夜露に一層強く匂《にお》っている。

「空の月の代わりに、絵の月で月見をする。しかも、肝心の絵には月を描いたらあかん」

諒は杯《さかずき》を傾ける。

「月を表す詩でも書いたら、どうや」

冗談めかして、永華が言った。

「杜甫《とほ》の『月、蘆花《ろか》に映ず』のようにか」

諒の脳裏に、月光に浮かぶ蘆原《あしはら》の情景が浮かぶ。

「白居易《はくきょい》の『満窓明月《まんそうめいげつ》』やな」

永華はにやりと笑う。独り寝の女人の窓を照らす月を詠《うた》う詩だ。

「情景が絵となり、絵は詩を生む。詩は絵を育て、絵から再び詩が生まれる」

諒の言葉に永華は頷《うなず》いた。

「詩と絵は、親子みたいなもんか。どちらが親か子かは分からへんが」

「男と女、それとも夫婦か。互いに背中合わせで、どちらが欠けても成り立たたん」

「応挙は所詮《しょせん》、町絵師にすぎん」

　永華は渋い顔になった。

「九条家御抱えの狩野家に比べれば、格は落ちる。どだい狩野永諒と競おうていうのんが、無理な話や。この話、断った方がええて思う」

「逃げた、と言われるぞ」

「こっちは町絵師風情《ふぜい》や、旦那衆《だんなしゅう》の遊びに付き合《お》うとる暇なんぞない。二条家の菩提《ぼだい》寺《じ》の本堂の改修かてある」

　二条家とは縁戚《えんせき》関係にある九条時胤は、狩野家に仕事を任せるよう話を進めている。

「応挙は、狩野永諒ではなく湖舟を名指して来たんや。同じ絵師として競いたいらしい」

「絵は競うもんやないいて、言うてたやないか？」

　呆れたような口ぶりで、永華は言った。

「それはそうやが……」

　と、諒は言葉を濁してから「応挙は別や」と答えた。

「競うことで、応挙の画風が見えて来る。狩野派も新しいもんは入れてもええんやないか」

永華は、はっと短く息を吐いた。

「よほど、応挙に惚《ほ》れ込んどるな」

諦めたようにかぶりを振ってから、「せやけど、絖やで。向こうは得意な絵絹かも知れんがな、あんたにすれば、やっかいな絹やろ」

「やってみたいんや」

諒は口調を強めた。

「つい慣れた絹を使《つこ》うてしまうが、案外、面白いもんが出来るかも知れん。私としても今一度試してみたい」

「まあ、あんたがその気やったら、止めへんけどな」

しぶしぶといった様子で永華は言った。

「最近、また、唐船屋から遠のいているんやないか。仕事をぎょうさん入れてると、美生が寂しがるやろう」

「美生か……」

諒は呟《つぶや》いた。

（あの娘の目を通して月を見るのも、ええかも知れん）

何かがふっと胸の中に落ちたような気がした。

「しばらく、唐船屋へ行って来る」

諒はやや間を置いてから、永華に言った。

「例の寺の本堂はどないするんや。ほぼ狩野家に仕事が来るのは決まっとる」

「向こうが求めてんのは何や」

「吉祥画《きつしようが》や。日光《につこう》、月光菩《がつこうぼ》薩《さつ》を脇侍《わきじ》に置いた、薬師《やくし》如来《によらい》の背後と左右両面。昨日見て来たが結構広い」

「吉祥画やったら、鳥は鶴《つる》か孔雀《くじやく》、花は牡丹《ぼたん》に菊、または蓮《はす》の花てところやな」

「芍薬《しやくやく》もええな。後は、松を正面に置いて、極楽の花園が左右に広がるような……」

と言いかけて、永華は慌てたように口を噤《つぐ》んだ。

「そうやった。芍薬はあんたには御法度《ごはつと》やったな」

「牡丹もよう描かん」

諒は小さく笑った。

「気にするな。今度の仕事は、お前に任せるつもりや」

さりげなく言って、諒は杯を口に運ぶ。

困惑したように永華は首を傾げた。

「差配は、狩野永華に任せるて言うてんのや」

「あんたは手を出さへんのか」

「口も出さへん。お前にすべて任せる。私は競画に専念したいんや」

「せやったら、条件がある」

永華は妙に改まった口ぶりになる。

「仕事に携わる画人は、俺が選ぶ。ええな」

「かまへん。お前の使い勝手のええ門弟を選べ」

「冬信を外すぞ」

語気を強めて永華は言った。

諒は思わず杯を運ぶ手を止めていた。

冬信は若いが、今の狩野にとって貴重な画人の一人であった。その彼を外すというのはただ事ではない。

「今の奴は使いもんにならん」

腹立たしげに永華は言った。元々、永華は冬信を快く思ってはいない。

「最近、ぼうっとしとることが多い。絵具の色も間違えよる。なんや、心ここにあらずや」

「仙之丞は何と言うてんのや」

そう言えば、最近、二人で出歩く姿もあまり見なくなっている。

「模写を見て貰《もろ》うても、言うてることがちぐはぐや。どう見ても雀《すずめ》になってへんのに、それでええ、て言うてみたり。遊びに誘うても断ることが多うなった、て」

仙之丞は以前から冬信の異変に気づいていたらしい。すでに永華には話していたようだ。

「仙之丞が言うには、このところ、頻繁に江戸から文《ふみ》が届くそうや」

「木挽町からか」

「詳しいことは知らん。向こうが戻って来いて言うてんのやったら、さっさと帰ったらええんや。別にこっちが引き留めとる訳やない」

面白うない、と永華は酒をあおった。

(ここしばらく、冬信を見てやる余裕がなかったな)

諒は改めてそう思った。

「分かった。冬信は唐船屋へ連れて行こう」

「そうしてくれるか」

永華はほっとしたようだった。

「なんや、奴を見てると、江戸の間者《かんじゃ》がいるようで落ち着かんのや」

最初、冬信は唐船屋に行くことに戸惑いを見せた。しかし、唐船屋には、異国の珍しい品々に混じって、清国渡りの画本がある。

「たまには、気晴らしもええやろ」

諒に言われて、冬信は承知した。

冬信は美生の相手もしてくれた。冬信自身、幼児が珍しいのだろう。しっかりと美生を見つめる目は、まさに絵師のものだった。

庭先で戯れる二人の様子を見ながら、諒はふと遠い将来を思った。

(男児に恵まれなければ、冬信を婿養子にしてもええな)

その後、夜湖に懐妊の兆《きざ》しはない。美生が十五歳になる頃《ころ》には、冬信は三十歳だ。

(絵師としては脂が乗った頃だ。悪い縁組ではあるまい)

ただし、江戸が許せばの話であったが……。

夜湖が絵絹を手にして画室に現れた。諒は絖の絹地を唐船屋に頼んでおいたのだ。

幅一尺五寸、丈はおよそ三尺。絖本はその大きさで、五、六枚ほどあった。表具に出した時、周囲の布端は落とすので、絵そのものはこれより幾分小さくなる。

「応挙先生も、意地の悪いこと」

夜湖はわずかに眉《まゆ》を顰《ひそ》めてみせる。

「何もこないな絹を選ばんかてええやろに」

「そう言うな。これはこれで味がある」

「諒さんが、ここにいてくれはるだけでも、ありがたく思わなあきまへんなあ」

少しばかり皮肉めいた口ぶりで夜湖は言った。

夕餉《ゆうげ》の後、風呂《ふろ》を済ませた冬信を、諒は画室に呼んだ。

「お前とこうして話すのも、久しぶりやな」

諒は縁先に出ると、冬信と並んで腰を下ろした。夕方、お民が打ち水をしたので、石畳がまだ濡《ぬ》れている。月の光が照り映えて、玻璃《はり》のように光っていた。

洛中《らくちゅう》の商家の庭先は、どうしても周りを塀で囲われてしまう。遠景は望めないが、唐船屋の庭はそこそこ広さもあり、四季折々の景色が充分楽しめるよう、普段から丹精されていた。

立葵《たちあおい》は今年も咲いていた。ただあの野良猫の親子は、美生が生まれて間もなく追い払われてしまった。赤ん坊が引っ掻《か》かれでもしたら、と夜湖が心配したのだ。今では美生がこの庭の主《あるじ》だ。

「これから、どないするつもりや」

諒は尋ねた。江戸に帰る気があるのか、どうしても確かめたかったのだ。

「戻っても、私の居場所はありません」

冬信は庭に視線を移して、そう答えた。

「木挽町では、お前の帰りを待っているんやないか？」

江戸から届く文は、多分そういうことだろう、と諒は思っていた。

「あれは」と冬信は言いかけて、「いえ」と小さくかぶりを振る。

「私はお前の師匠や。お前の将来には責任がある」

諒は語調を強めた。

「京に残るんやったら残るで、お前の身が立つようにしてやりたいんや」

もし、山本派や鶴沢派に移りたいと言うのなら、それはそれで認めてやらねばなるまい。

「感謝しています」

冬信は神妙に言った。

「木挽町には兄と弟がいます。弟とは言っても、私とは同年で、ふた月ほど違うだけです」

諒は返答に窮した。冬信はさらに言葉を続ける。

「私は妾腹《しょうふく》に産まれました。本流を大事にする江戸の狩野家にあって、私もまた傍流《ぼうりゅう》なのです」

実母が早くに亡くなり、冬信は幼い頃から木挽町で育てられた。だが、幾ら本家の血筋であっても、周囲の彼を見る目は、他の兄弟とは明らかに違っていた。

「それが嫌で、京へ逃げて来たのです」

冬信は諒に笑みを見せる。その顔がどこか痛々しい。

「ですから、今さら江戸に戻る気はありません」

「それやったら、このままずっと京の狩野家で絵師を続けたらええ」

すると、なぜか冬信は黙り込んでしまった。

「どうしたんや。それも、嫌なのか」

「私は……」

冬信は声を詰まらせると、諒の顔に視線を向けた。縁先に置いた行灯《あんどん》の明かりに、冬信の思い詰めたような顔が浮かび上がっている。

「永諒先生に申し上げねばならぬことがございます」

江戸木挽町狩野家は、冬信を京に送り出す時、ある条件を出していた。

――京の狩野家で、山楽の瑠璃《るり》の存在を確かめるのだ――

瑠璃の話には、冬信自身も関心があった。いざ京へ来ても、永博からも永諒からも、瑠璃については何も聞き出せないまま時が過ぎて行った。江戸から届く文は、すべて瑠璃について問うものばかりだった。

朝鮮渡りの『らぴすらずうり』。天竺よりもさらに西域《せいいき》の国にしか産出しないと言われる、最高の群青《ぐんじょう》の石。絵師ならば、誰《だれ》もが欲しがるであろう、幻の色……。

「江戸は、京の狩野家にらぴす瑠璃があると思うてんのか」

江戸がどこまで知っているのか、それが気になった。

「私に確証を摑《つか》むようにと……」

「あればどないするつもりや。山楽が命がけで持ち出した石やのに、狩野の本家にある方が相応《ふさわ》しいて言うのか？」

山楽は狩野家の弟子筋だ。弟子はあくまで主筋に従うものだという考えなのだろう。

「私は、先生のお言いつけで蔵に入る度に、中を探っておりました。いえ、蔵だけではありません。先生の画室まで……」

冬信は苦しげに顔を歪《ゆが》めた。

永博も諒も、自分の画室はもっとも信頼する者にしか掃除を頼まない。諒の部屋は、いつからか冬信に任せるようになっていた。

永博は画室の掃除を音衣にさせていた。音衣の死後は自分でやっていた。冬信は永博に呼ばれない限り、勝手に彼の画室に入ることは許されなかった。

山楽の瑠璃を、冬信も探していた……。

その事実を知らされても、諒には裏切られたという思いはなかった。むしろ興味の方が勝っている。

「それで、見つかったのか？」

肝心なのはそこだ。永博は蔵で確かにらぴす瑠璃を見ている。だが、その後、瑠璃の行方《ゆくえ》は分からなくなっているのだ。

冬信は無言で俯《うつむ》いていた。何かを知っているらしい。だが、言うべきかどうか迷っているようだ。

「永博先生は、瑠璃がどこに行ってしもうたのか、死ぬ間際まで案じておられた。あれが、京の狩野家の宝であることは、お前もよく知っている筈《はず》や。それとも、お前も、らぴす瑠璃が江戸の物だと言いたいのか？」

声音を強めて問い質《ただ》すと、ついに冬信は決心したように顔を上げた。

「確かに瑠璃はありました。私はそれを見つけたのです」

蔵の奥のさらに奥、古い絵や掛け軸を仕舞った箱や布包みの間に、その桐《きり》の箱はあったのだ。

恐る恐る箱にかかった紐《ひも》を解き、蓋《ふた》の埃《ほこり》を払ってそっと中を覗《のぞ》くと、灯火の明かりを受けて、青黒い石の塊が煌《きら》めくのが見えた。大人の拳《こぶし》ほどの大きさで、金色の筋が幾本か走っている。磨かれた物か、表面はつるつるとしていた。

「その時、後ろで声がしたのです」

――あんた、そこで何をしてるんやっ――

音衣がいた。咎《とが》めるように冬信を見ている。

「咄嗟《とっさ》のことで、頭が真っ白になってしまいました」

即座に脳裏を過《よぎ》ったのは、「もう、ここにはいられない」という思いだ。

「大変なことをしてしまった。私は、音衣様の前で頭を下げるしかありませんでした」

音衣は、冬信に事情を語らせた。山楽のらぴす瑠璃の謂《いわ》れと、自分が江戸より与えられた使命を……。

「音衣様も、瑠璃の話は薄々知っていたようです。絵師がその瑠璃の色をどれだけ欲しがっているのかも……」

音衣も、やはり狩野の娘であった。それが、この家にとっていかに大切なのかを知っていた。

だが、同時に腹も立てたようだ。

──あんさんに泥棒の真似事《まねごと》をさせるようなもんは、無い方がええんや──

冬信には、音衣が、まるでらぴす瑠璃そのものに怒りを感じているように見えた。

「音衣様は、私に蔵から出るように言いました」

──この瑠璃は、うちが持って行く。本当に、これが狩野の役に立つ時が来るまで、誰にも見つからん所へ……──

「それだけか？」

話し終えたのか、冬信は沈黙している。諒は失望を感じていた。

「結局、どこにあるのか、お前も知らへんのか」

「音衣様からは、それきり瑠璃の話は出ませんでした。私は、当然、先生がご存じなのだとばかり……」

結局、らぴす瑠璃の行方を知っているのは、音衣だけであった。その音衣も、今はいないのだ。瑠璃の在《あ》り処《か》を知る術《すべ》もない。

諒はほうっと大きく息を吐いた。

「それで、お前は江戸には何と伝えたんや」

責めるつもりはなかった。何よりも冬信が充分に苦しんでいるのだ。

「そのような物はなかったと……。私の見た石が、本物のらぴす瑠璃であったとしても、見つからぬ限りは、無いも同然だと思うております。ですが、江戸の狩野家は納得してはおりません。必ずどこかにある筈だと、再三、文を寄こして来るのです」

冬信は涙の浮かんだ目で諒を見上げた。

(江戸も酷《むご》いことをする)

諒は怒りを感じていた。絵を学びたい一心の若者に、泥棒や間者の役目を押し付けているのだ。音衣が、「無い方がええんや」と言った気持ちも痛いほど分かる。

「お前が悪いんやない。江戸の狩野家にいたいんやったら、従うのが道理や」

諒は冬信の頭に手を置いた。

「後はお前しだいや。自分で決めたらええ。江戸に戻るもよし、私の弟子でいるのもよし」

驚いたように冬信は顔を上げた。

「こんな私でも、このまま先生の許《もと》にいても良いのでしょうか。私のせいで、らぴす瑠璃の行方が分からなくなったというのに……」

冬信が探し出しさえしなければ、瑠璃は永博の記憶通りの場所にあったのだ。

「瑠璃よりも、お前の方が大事や。音衣もそう考えたんやろう。心配せんでええ。瑠璃はきっと見つかる。いずれ、その時が来たら音衣が教えてくれる」

その筈だ、と思った。音衣は、あの遺書のように、きっと何かの手掛かりを残してくれている筈なのだ。

「今日からでも、京の狩野家のもんになったらええ」

それは、冬信にとって江戸の狩野家との決別を意味していた。

数日、諒は唐船屋で過ごした。美生の相手もしてやった。狩野家を離れたことで、諒は重い荷物を降ろしたような気楽さを感じていた。家を背負うことの苦しさを、冬信も経験していたのだろう。なんだか顔が明るくなり、屋敷内を歩く足取りまで軽くなっている。

絖本には、少しばかり手を焼いたが、試し絵の回数をこなすうちに癖も摑めて来た。

その日の昼過ぎ、ちょっとした事件があった。唐船屋には、ひと月に一度、長崎から荷物が運ばれて来る。荷車が幾つも店の前に止まり、人足等が次々と広庭の蔵の前に、荷物を積み上げて行くのだ。

蔵の前には帳簿を手にした嘉助が陣取り、品物の確認をしていた。その場に、いつの間にか美生がいたのだ。

普段、美生の遊び場は中庭であった。一人で広庭に来ることはない。夜湖は店にいて、お民も用事で手が離せない。諒も冬信と共に画室に籠《こも》っていた時だった。美生の子守りは、十四、五歳の、お時《とき》という女中に任せてあった。お時は若いだけあって、この所、活発に動くようになった美生とよく遊んでくれる。この日も追いかけっこや、かくれんぼに興じていたようだ。

しばらくして、美生が積み上げてあった木箱の間にいるのを嘉助が見つけた。美生は隠れているつもりなのか、荷物に挟まれるようにしてしゃがんでいる。その頭の上に、一抱えもある木箱が傾きかけていた。

嘉助が慌てて駆け寄ろうとした時、ついに木箱は落下していた。その場にいた誰もが息を飲み、美生が潰《つぶ》される、と思った瞬間、突然、美生が荷物の間からパッと飛び出したのだ。箱の中で、陶器の砕ける音がした。箱は美生から三尺ばかり後ろに落ちていた。

騒ぎを聞いた諒が冬信を連れて急いで来てみると、夜湖の腕の中で、苦しそうにもがいている美生の姿があった。

「いったい、何があったんや？」

諒が問いかけると、嘉助が真っ青な顔で答えた。

「えらい、すまんこって……」

「すんません、うちのせいで……」

嘉助の傍らで、お時が半泣きの顔で言った。

辺りの様子から、諒はほぼ状況を理解した。ともかく、美生はすんでの所で難を逃れたらしい。

「それにしても、あの時、ようあそこ離れてくれましたわ」

安堵《あんど》のため息を長々とついて、嘉助は言った。

どうやら、なぜ美生が隠れ場所から出たのか、理由は誰も分からないらしい。

諒は、夜湖を宥《なだ》めると、美生をその胸から抱き取っていた。美生はやっと息が出来たというように、大きく息を吐くと、諒に向かって何かを差し出したのだ。

見ると、手毬《てまり》だ。

「これは？」と尋ねると、美生は満面に笑みを浮かべて言った。

「さっき、見つけた。そこで……」

と、小さな指で差し示す方向を見ると、丁度、木箱の落ちている場所から、三尺ほど離れた叢《くさむら》であったのだ。

「この毬が欲しゅうて、あそこから離れたんやな」

問うと、美生は「せや」と頷いた。


夜、諒は昼間の毬をしげしげと眺めていた。決して新しい物ではない。かなり使い古された毬だ。しかも、色と柄に見覚えがある。どう見ても、これは……。

(音衣の毬や)

しかし、なぜ、あの毬が唐船屋の庭にあったのだろうか……。

幾ら考えても、分からなかった。毬は、音衣の遺書を見つけた後も、諒の画室にある筈だ。誰かの手で運ばれない限り、唐船屋にある筈がないのだ。

(だとすれば、いったい、誰が?)

やはり、見当もつかない。

「その毬には、感謝せなあきまへんなあ」

酒肴《しゅこう》の載った膳《ぜん》を手にして、部屋に入って来た夜湖は、毬を見るなりそう言った。

「毬があったさかい、美生は助かったんどすから……」

その言葉に、諒はハッと胸を突かれた。

(美生を助けたんは、音衣やったんや)

毬があの場に現れたのが、音衣のしたことやとしたら……。

(美生のことを、愛《いとお》しいて思うてくれてんやな)

胸の奥がじわりと熱くなり、諒は急いで、夜湖の注《つ》いでくれた酒を飲み干していた。

翌日は満月だった。深夜、諒は美生を寝所から連れ出した。眠っているところを起こしたので機嫌が悪くなるかと思ったが、諒だと気づいてしっかりと首にしがみついて来る。

「ごらん、月が綺麗《きれい》や」

諒は美生を庭に連れ出していた。美生は眠そうに目をこすると、再び諒の胸元に顔を押し付けた。

「満月や。見てみ」

だが、子供の頑固さで、美生は顔を上げようとはしない。

(寝ているところを起こしたんや。こっちが悪い)

やや失望を感じていた時だ。美生が小さな手を差しのべた。

「お月さまがいてはる」

池に月が映っている。水の中で、月はよく磨き込まれた鏡のように、冷たい光を放っていた。鯉《こい》でも跳ねたのか、水面にさざなみが立っている。

「お父さま、お月さまが何か言うてはる」

美生が笑い出した。

「お空のお月さまと違《ちご》うて、お池のお月さまは、おしゃべりやなあ」

澄ました顔で空にある月も、水の中ではまた違う表情を見せている。

「そうやなあ。美生の言う通り、ようしゃべってはる」

その時、夜湖の声がした。

「そろそろ寝かしてやっておくれやす」

諒は再び美生を寝所へ連れて行った。

夜具の上に降ろしてやると、美生は自分からころんと横になった。

「すまんかったな」

美生の側《そば》には、あの毬が置いてある。諒はそれを取ろうとして思い直した。

毬が、ここにいたがっているんや、なんだかそんな気がした。

其の十四

五月の朔日《ついたち》の夕刻、「炉香会」が鴨川沿いの「千代菊」で開かれた。絵はすでに表装を済ませ、源兵衛の手に渡してある。

ここ数日、諒は二条家の菩提寺《ぼだいじ》の本堂改修に関《かか》わっていた。作業自体は永華の差配で順調に進んでいた。

釈迦如来《しやかにょらい》の背面を飾る松の大木は、瑞々《みずみず》しい青と緑の葉の色が鮮烈だった。青は瑠《る》璃《り》を使ったのだろう。日差しを受けると光沢が出る。永華の提案で、松の枝に数匹の猿が描かれた。猿は「縁」に通じる、吉祥《きっしょう》の動物であった。

左面には満開の蓮《はす》の池があり、雁《かり》が数羽浮かんでいた。蓮の花は夏に咲く。雁は冬の鳥であったが、極楽を表すのに季節は無用だろう。

右面に孔雀《くじゃく》と牡《ぼ》丹《たん》、それに芍薬《しゃくやく》……。永華は花鳥画で実力を発揮する。見かけによらず感性が繊細なのだ。

今ほど永華の存在が心強いと思ったことはなかった。絵師である限り、吉祥画の要望は受けねばならない。牡丹も芍薬も、避けては通れない画題であった。自ら筆を取るか、他の門弟に描かせるか、永博は諒の気持ちを察していて、決して彼に描かせようとはしなかった。

諒には手出しの出来ないこれらの花を、永華はそれは艶《あで》やかに、また儚《はかな》さを含ませながら、見事に描き切ったのだ。


「炉香会」の酒宴はすでに始まっていたが、座敷に入った途端、皆の視線は一斉に諒に向けられていた。

応挙は元より、源兵衛、それに、席画《せきが》で「あぶな絵」を要求した大黒屋孝一郎の姿もある。彼だけはそっぽを向いたまま、酒を飲む手を止めようとはしなかった。

諒は冬信を伴っていた。宴席に連れ出すのは初めてだったが、良い勉強になるだろうと思ったからだ。江戸の狩野家の預かり人のままならば、このような場に連れては来ない。

冬信の真意がはっきりしたことで、もはや諒が遠慮する必要はなくなっていた。

酒宴はそのまま続けられた。競画《きそいえ》は別室で行うとのことだった。冬信は飲みなれない酒に四苦八苦している。諒は女中に茶を頼んでやり、菓子も添えさせてやった。

「実に楽しみどすなあ」

応挙が諒の傍らにやって来た。僧形の頭にほろ酔い顔は、まさに生臭坊主《なまぐさぼうず》のあり様だ。

「まさか、あなたから競画の申し出があるとは思うてもみませんでした」

応挙自身、絵を競うことの愚かさを知っている筈《はず》なのだ。

「いやはや、これも町絵師の務めどしてな」

応挙は坊主頭をくるっと撫《な》でる。

「大黒屋の若旦那《わかだんな》が、何がなんでも狩野永諒の鼻をへし折ってやりたいて聞かしまへんねん」

例の「あぶな絵」の件を、未《いま》だに根に持っているらしい。仙之丞を芝居小屋から追い出したところで、諒への恨みは別ものなのだろう。

「私の鼻は、へし折るほど高《たこ》うはないが」

諒は軽くかわす。

「いやいや、かなりの評判や。湖舟の絵が高値をつけてはんのを知ってはりますか」

「絵はいったん他人の手に渡ったら、もはや絵師のものではありません」

諒はきっぱりと言った。

「それに、今は、『湖舟』の名で描いてはいません」

「せやさかい、値が上がるんや。『湖舟』は狩野永諒やったて事実だけでも価値があるのに、湖舟の絵は少ない。あんさんも、なかなかの商売人やなあ」

応挙は声を上げて笑うと、「そやそや」と急に真顔になった。

「大黒屋の主人なんやけど……」

応挙は諒の前に顔を近づけると、ひそと声を落とした。

これまで大黒屋が表に出て来たことはない。

「孝右衛門、いうて、なんでも珍しい絵を持ってはるとか」

「よほど珍奇なものなのでしょうか」

「さあ、それは」と、応挙は首を傾《かし》げた。

「なんや、この世に二つとない、それは変わった屛風絵《びょうぶえ》だと言うてはる」

「誰《だれ》が描いた物なのでしょう」

「それを教えようとはせえへん。せやけど、あのお人が集めてはるんは際《きわ》もんばかりや。松永弾正《まつながだんじょう》が爆死した折に道づれにした茶釜《ちゃがま》やとか、敵将の髑髏《どくろ》に金泥《きんでい》を塗った、信長愛用の大盃《おおさかずき》やとか、石川五右衛門《いしかわごえもん》が釜茹《かまゆ》でにされた時に握り締めていた、煙管《きせる》……」

「爆死したのなら、茶釜は壊れてしもうてる筈やが……」

笑いを堪《こら》えて、諒は尋ねる。

「確かに半分ほど溶けて形は歪《ゆが》んでる。せやからいうて、平蜘蛛《ひらぐも》の茶釜とは……」

応挙は呆《あき》れ果てたと言うようにかぶりを振った。

「まるで子供が玩具《おもちゃ》でも集めているようですね」

「孝右衛門は、そういった胡散臭《うさんくさ》い品物にでも平気で大金をはたく男や。趣味人とか、酔狂の域はとっくに通り越してはる」

「ここへは大黒屋の主人も来てはるんですか」

「いや、この場は、あくまで息子の孝一郎だけや」

その時、源兵衛が立ち上がってパンパンと両手を打った。

「皆様、競画を始めますよって、座敷を移っておくれやす」

階段を上がり、鴨川に面した廊下を行った先に、部屋が用意されていた。障子《しょうじ》を開け放った座敷からは、対岸の川端町や祇園の灯が見える。空はよく晴れていた。月が無いので、一層、星々が輝いて見えた。

座敷には明々と燭台《しょくだい》が灯《とも》されている。さほど広い部屋ではない。その中に二十名ほどがひしめいている。

床の間に二枚の掛け軸が掛かっていた。応挙と諒の絵だ。どちらも南画であった。

「画題は『月無しの月』どす」

源兵衛が声を張り上げた。

「月を描かず、月を表すて趣向どすねん」

源兵衛は言葉を続ける。

「まずは円山応挙先生から……」

応挙の絵は、細かな点描を使った細密画だった。細い筆の線が生き生きと走っている。

そこは、切り立った岩場のある深い山中だ。崖《がけ》の下に川が流れている。手前に四阿《あずまや》風の建物があり、唐《から》の衣装を身に付けた一人の女人が、物憂《ものう》げな様子で佇《たたず》んでいた。胸に文《ふみ》を抱いている。文の片端は垂れ下がり、そこに文字のようなものが見えた。空には渡って行く雁の群れがあった。女の視線は飛び去って行く鳥の姿を追っている。

「これのどこに月が？」

誰《だれ》もが首を捻《ひね》っている。

「『雁声《がんせい》、遠く瀟湘《しょうしょう》を過ぎ去る。十二楼中、月自《おの》ずと明らかなり』。唐《とう》の時代にそのような詩がありました」

諒が口火を切った。

雁の鳴き声が、瀟水《しょうすい》と湘水《しょうすい》の二つの川を越えて過ぎてしまった。遠くにいる恋人に書いた手紙を雁に託そうと思っても、すでに遅い、といった意味合いの詩だ。十二楼は、崑崙《こんろん》山にあると言われる仙人の家らしいが、なぜかそこにいるのは美人だという艶《つや》のある詩であった。

「次は湖舟先生どす」

源兵衛の声に、皆の視線が一斉に移動する。

応挙が感嘆の声を上げた。

「これはまた可愛《かわい》らしい。湖舟はんの娘御どすな」

諒は美生の姿を描いていた。池の畔《ほとり》に佇み、水の面《おもて》を覗《のぞ》き込んでいる。口元に微笑を浮かべ、小さな両手で水をすくおうとしていた。

絖地《ぬめじ》が滲《にじ》まないので、筆のかすれを使った。黒絹の髪が月の光を受けて、輝きを放っている。細い髪の一筋一筋を、細筆で丁寧に描き込んだ。

「娘可愛さの、親馬鹿の絵やないか」

孝一郎が、ふんと鼻を鳴らしてそんなことを言った。

「『春山夜月』ですね」

冬信が初めて口を開いた。

「唐代の于良史《うりようし》の詩です」

「『水をすくえば、月は手に在り』どすな」

そう言って、応挙は大きく頷《うなず》いた。

「これでは、甲乙を付けるのが難しゅうおすなあ」

誰かが言った。それからしばらくの間、座は騒然となった。どちらが勝ちとも負けとも決められないようだ。

「どうでっしゃろ。いっそ勝ち負け無しの引き分けてことで」

源兵衛が声音を強める。

「今宵《こよい》は月見の宴《うたげ》どす。ごらんの通り、空に月は見えしまへん。せやけど、この家の座敷に昇った二つの『月無しの月』を楽しませて貰《もろ》うた。それで、よろしゅうおすな」

皆に異論は無いようだ。

「ささ、あちらの広間へお移り下さい。芸妓《げいぎ》を呼んでますさかい、賑《にぎ》やかにやりまひょ」

波が引くように人はいなくなり、後には諒と冬信、それに応挙の三人だけが残った。あれほど狭く感じた座敷が今は広い。床の間の応挙の美女が色を添えている。

「最初から、引き分けるつもりやったのでは？」

諒は応挙に問いかける。

「絵は競うもんやあらへん。皆が楽しんでくれたら、それでええのんや」

「あちらから、酒と肴《さかな》を持って参ります」

気を利かしたのか、冬信が立ち上がった。

冬信と入れ替わるようにして源兵衛が戻って来た。彼はやれやれと腰を降ろすと、応挙に向かってこう言った。

「大黒屋の若旦那はほんまに執念深いお人や。ここで応挙先生が勝つなら『してやったり』てところどすけど、湖舟はんが勝とうものなら、この後、ずっと何がしかの嫌がらせが続きますやろ。しかも、湖舟はんは狩野永諒先生でもある」

「あんたが負けてたら、これ幸いに、狩野永諒が町絵師に負けた言うて、吹聴して回るぐらいはするような奴《やつ》や。引き分けに持ち込めるなら、それが一番ええやろ、て源兵衛とも話してたんや」

応挙は安堵《あんど》の色をその顔に浮かべた。

「勝負などは、源兵衛さんの匙加減《さじかげん》一つで、なんとでもなるんやないですか」

諒の言葉に源兵衛は大きくかぶりを振った。

「『炉香会』の面々は、皆、目ぇが肥《こ》えてまっさかい、ごまかしなんぞ通用しまへん。孝一郎はんには、目があるとは思いまへんけどな。それでも、他の方々がどない思うてるかぐらいは分かりますやろ。とにかく、皆に納得させて引き分けにせんことには、どうもならんかったんどすわ」

源兵衛も無事に終わったことを喜んでいる。

「せやけど、なんで、絖を選ばはったんですか?」

選《よ》りによって、という言葉を飲み込んで諒は尋ねた。

「そりゃあ、わての得意な絵絹やさかい……」

飄々《ひょうひょう》とした口ぶりで応挙は答えた。

「私の方は難渋しました」

諒は正直な胸の内を吐く。すると、応挙はにこりと笑ってこう言った。

「知ってます。あんさんが、これまで絖本を使うてへんことぐらいは……」

「それやったら、私の方が不利になるのんと違いますか?」

「あんさん……」

と、応挙はいきなり真顔になった。

「『引き分け』ていうのは、勝ち負けよりも難しゅうおすねんで」

「と、言われますと？」

諒はすっかり困惑して問い返していた。

「勝つ訳にはいかん。かといって、手を抜けば負ける。結局、全力を出し切って引き分けにするんや。本音を言うとな。わてはあんさんが怖い。どないな底力を持ってはるんか、まだ読み切れんのや。そないな絵師を相手にしよう思うたら、少しでもこっちに有利に働くようするのんが、道理てもんやろ」

応挙はそう言って声を上げて笑った。

それが、果たして「道理」なのだろうか、と諒は思うが、なんとなく悪い気にはならない。結局、今回の競画のお陰で、絖本の良さが分かったのも事実だった。

「それにしても、あんさんの弟子は遅うおますな」

応挙が思い出したように言った。酒を取りに行ったきり、冬信はまだ戻らない。

その時、座敷の方からわっと声が上がり、一人の芸妓が走り込んで来た。

「旦那様、大変どす。すぐに来ておくれやす」

金切り声で源兵衛を呼ぶ。

諒が座敷に駆けつけると、冬信は孝一郎と取っ組み合いの真っ最中だった。

応挙が孝一郎の首根っこを摑《つか》んで引き起こした。なおも飛びかかろうとする冬信を、諒が抑え込む。

「先生を侮辱するのは、この私が許さないっ」

冬信が叫んだ。

「『先生、先生』ておだてられて、調子に乗っとるようやけどなあ。自分の親の血で絵を描くような残忍な奴や。お前が死んだら、身体《からだ》から血を抜かれて、絵具の代わりにでもされるんやろ」

誰から聞き出したものか、孝一郎は諒の過去を知っていた。

冬信は怒りを露《あら》わにして、孝一郎に摑みかかろうとする。その握り締めた右の拳《こぶし》を、諒は力を込めて抑えつけた。

「絵師が利き腕で人を殴るんやない」

諒は冬信を叱《しか》った。

「指を痛めたら、筆が持てんようになるやろ」

はあはあと肩で息をしながらも、冬信の身体から力が抜けるのが分かった。

「言い過ぎと違いますか、孝一郎はん」

応挙の低い声が響いた。

「狩野永諒てお人は、幼い頃《ころ》に地獄を見はった。見ただけやない。子供でありながら、その地獄を描こうとしはった。この応挙も、永諒先生には頭が下がる。そのお人を、あんさんがどうこう言うんやったら、そちらのお弟子の柔い拳やのうて、この応挙の拳を御見舞《おみまい》せんとあきまへんなあ」

右手の拳を握って見せてから、応挙は左手を握り直した。彼の利き手も右のようだ。

「酔った上での喧嘩《けんか》や。もうそこまででええ」

諒は応挙に言った。

「私は飲んではいません。この人が無理やり飲まそうとして……」

冬信はむきになる。酒を断った態度に、えらそうやと難癖をつけられたのが発端だったらしい。

応挙は源兵衛に駕籠《かご》を呼ぶように頼んだ。

「若旦那を連れて先に帰るさかい、後はよろしゅう頼むわ」

それから、応挙は諒の前に頭を下げた。

「今夜のところは、わしの顔に免じてかんべんしたってくれ」

「とんでもない」と、諒はかぶりを振った。

「私の方こそ、いろいろとご面倒をかけてしまいました。礼を言います」

「ほな、これで失礼します」

孝一郎を連れて出て行く前に、応挙は冬信の頭に軽く手を当て、「江戸のお人は威勢がええなあ」と笑った。

座はお開きとなり、客は帰って行った。諒は冬信と二人きりになると、しげしげと弟子の顔を見た。

「驚いた。お前がまさか喧嘩沙汰《ざた》を起こすとは……」

十五歳からほぼ三年、冬信を手元に置いていた。離れていたのは、九条家の絡んだ競画の時だけだ。

江戸の狩野家から来たというだけで、冬信は門人仲間から疎外されていた。時には意地悪をされることもあっただろうが、決して人と争うことはしなかった。

「先生のことを悪く言われて、つい腹が立ったのです」

「私が自害した親の血で、襖《ふすま》に絵を描いたて話か……」

「最初はひどい中傷だと思いました」

噂《うわさ》ぐらいは、冬信も耳にしていたようだ。

「事実だと知って、私が恐ろしくなったか」

「いいえ」と、すぐに冬信は首を左右に振る。

「私も音衣様を見殺しにしました。先生よりも、私の方が非道です」

冬信は視線を落とした。

「人の心というものは、実に様々に形を変える。どれが本当の形なのかはよう分からん。もしかしたら、形が定まらないのが人の心かも知れん」

「いずれにせよ」、と諒はまっすぐに冬信の顔を見る。

「お前の心は、お前の絵に現れる。人の心の見えん奴の言葉に惑わされるな」

「ええな」と念を押すと、冬信は「はい」と小さく頷いた。

「それから、手は大事にせなあかん。しょうもない男を殴って怪《け》我《が》でもしたら、その方が困るやろ」

「申し訳ありません」

冬信は頭を下げた。

「それで、孝一郎が言うたんは、私のことだけか？」

諒の言葉が突然だったのだろう。冬信はえっと顔を上げ、それからすぐに戸惑うように目をそらしてしまった。

「やはり、仙之丞のことやな」

「仙之丞さんに芝居や人形浄瑠璃《じょうるり》に連れて行って貰《もら》った時、何度か、あの男に会ったのです。その時は、にやにや笑って私たちの方を見ているだけだったのですが」

「仙之丞は、その時どないしたんや」

「知らない振りをするように、と。『親の力に頼らな何も出来ひん奴や。それに、狩野家のもんには迂闊《うかつ》に手は出せへん』と」

「先ほど、席で何か言われたんやないか」

「私が仙之丞の情人《いろ》だと、芸妓衆の前で笑いものにしたのです。我慢したのですが、先生のことまで言われては……」

「絵師も役者も所詮《しょせん》は同じや。金や地位のある者に、玩具にされる運命や。せやけどな、これだけは忘れるな。絵師は彼等には見えへんものを見る目と、聞こえへん音を聞く力がある。どんなに金を積んでも行けへん、高みにかて昇ることが出来る。それを誇りにして生きていれば、小心者の言葉にいちいち振りまわされることはないんや」

はい、と冬信は神妙な顔になる。

「話は終わりや。今日のことは、お前もいろいろと勉強になったやろ」

諒はそう言って、立ち上がろうとした。

その時だった。急に背中が締め付けられるように痛んだ。気分が悪くなり、身体がふわふわとして力が入らなくなった。

「先生、どうしました？」

冬信の慌てた声が耳元で聞こえた。気がつくと、諒は冬信に抱えられるようにして両膝《りょうひざ》をついていた。

「酒が回ったようや」

だが、酔うほどには飲んではいない。

(疲れでも出たか)

そう思って再び身体を起こそうとした。だが、今度は激しい痛みが胸を突いて来て、何か強い力で心の臓を摑まれたような気がした。

「先生、しっかりして下さい」

冬信の悲痛な声が遠くで聞こえた。深い沼の底に身体が沈んで行くようだった。

「永華を呼べ。夜湖には知らせるな」

それだけを言うのが、精一杯だった。

其の十五

気がついた時、周囲はやたらと眩《まぶ》しかった。見慣れない座敷の一室に諒は寝かされていた。簾《すだれ》越しに庭の緑が見える。雨でも降ったのか、露を含んで銀色の光を放っていた。

簾が上がり、誰《だれ》かが入って来た。逆光で姿はよく見えなかったが、身体《からだ》つきから永華だと分かった。

「目が覚めたか」

どこかほっとしたような口ぶりだ。

「ここは、どこや?」

起きようとすると、すぐに永華に止められた。

「まだ起きたらあかん。大人しゅうにしとれ」

庭の様子に見覚えがあった。どうやら、まだ千代菊にいるらしい。

「あんたが倒れたて知らせが来て、すぐに駆けつけたんや。源兵衛が医者を呼んでくれた」

「私はどうなったんや」

「酒を飲んだせいで、疲れが一気に出たんや。しばらく休んだら落ち着くやろ、て医者も言うてはった。さっき、冬信が薬を取りに行って来たわ。今、厨《くりや》で煎《せん》じとる」

永華は不自然なぐらいに明るい調子で「たいしたことはあらへん」と言った。

「唐船屋へは？」

「二条家の仕事が忙しゅうなったので、しばらくは来られんて、伝えておいた」

そこへ冬信が入って来た。諒が目覚めたのを見て安堵《あんど》したようだ。

諒は半身を起こして、冬信から薬湯の入った湯のみを受け取った。一口飲むと、苦味がじわっと口中に広がった。

「全部飲んで下さい」、と冬信が命令口調で言う。

「聞いたわ。こいつ、昨晩、あいつとやり合《お》うたんやてなあ」

永華は妙に嬉《うれ》しそうに言って、ちらりと冬信を見た。

「大黒屋の若旦那《わかだんな》は、一発や二発殴ってやったかてバチは当たらへん。とことん性根が曲がってるんや」

永華は「ようやった」と、冬信の頭をくしゃくしゃにする。

「そんな男を、なんで応挙は弟子にしとるんやろ」

「駆け出しの頃《ころ》に、孝右衛門に随分世話になったらしい。その時の恩があるさかい、放《ほう》り出しとうても出来んのやろ」

永華は憐《あわ》れむように言った。

「唸《うな》るほどの金で、贅沢三昧《ぜいたくざんまい》に育てられたぼんぼんや。自分の思うようにならんと、気が済まん性質《たち》らしい」

「絵に関心があるんやろか」

応挙の弟子を気取ってはいるが、どうみても、絵を描いている様子はない。

「父親が、商売人には絵心が必要や言うてな。それで弟子入りさせたそうや」

「その父親には、絵心があるのか？」

「本人は、そない思うとる」

永華は鼻で笑った。

その時、冬信が着物の片袖《かたそで》から何かを取り出した。

「先ほど庭先に落ちていたのを見つけました」

諒は驚いて冬信の手元を見つめた。そこには音衣の毬《まり》があった。今は美生の許《もと》にある筈《はず》の毬だ。

「夜湖と美生が、ここへ？」

諒は思わず永華に視線を向けた。

「唐船屋は、諒がここにいることは知らん筈や」

「昨晩、ずっと私が側《そば》についておりました。永華先生が来られただけで、他はどなたも見えてはおりません」

冬信は不思議そうな顔をする。

諒は手毬を受け取った。すぐに音衣の毬だと分かった。

（音衣がいたのかも知れない）

そんな気がした。

（私の身を案じているのか、それとも……）

「冬信、ここはええから先に屋敷に戻っていなさい」

諒の言葉に、冬信は懇願するように言った。

「側にいさせて下さい」

「俺《おれ》が残るさかい、帰れ。一睡もしてへんのやろ。戻って休め」

永華が労《いた》わるような目を向ける。

「ですが」と、なおも動こうとはしない冬信に、永華は語気を強めてこう言った。

せえ」

「俺が信用出来ひんのか。お前の師匠は俺がちゃんと見てるさかいに、言うた通りに

永華にそこまで言われては、冬信も諦《あきら》めるしかない。

「それで、医者はなんと言うたんや」

二人きりになるのを待って、諒は改めて永華に尋ねていた。

「せやから、ただの疲れや、て」

言いながら、永華の視線は諒の背後を泳ぐ。永華の眉間《みけん》に苦渋の皺《しわ》が寄っていた。

諒がさらに問いかけると、ついに永華は視線を落としてこう言った。

「心の臓が少しばかり弱っているそうや」

「そうか」と頷《うなず》いてから、諒は強い口ぶりになる。

「夜湖には言わんといてくれ。余計な心配はかけとうない」

「せやな。薬湯を飲んで、ゆっくり休んだらすぐにようなるやろ」

永華は笑みを見せる。

「頼みがあるんやが」

諒の真剣な口調に、永華は真顔になった。

「冬信を養子にしようと思う」

「阿呆《あほう》が。三十一歳で、十八歳の息子を持つ気か」

「冬信なら立派にやれる。お前が支えになってやって欲しい」

「焦らんでも、その内、男児かて産まれる。あかんかったら、美生に婿養子を迎えたらええ。今のお前の年齢で心配することやない」

　永華は怒ったように言って顔をそむけた。

「冬信に継がせることには反対か？」

「あいつに不満はない。ええ子やて思うとる。せやけど江戸がどう言うか……」

「冬信自身は、江戸とは縁を切るつもりでいる。江戸が素直にそれを許すとは思えんが、養子にすれば、冬信は大手を振って京の狩野家のもんになれるやろ。こちらも、江戸の血が入れば、嫡流ではなくても、弟子筋の狩野家ではなくなる。江戸も一度は京との縁組を考えたぐらいや。嫌とは言わへんやろ」

「確かにそうやが……」

　と、永華は両腕を組んだ。

「それにしても、なんでいきなりそないなことを言うんや」

「病になると、妙に後々のことが気になって来るもんや。今の言葉、お前の胸に納めといてくれたら、そんでええ」

永華はしばらくの間、諒の顔を窺《うかが》っていたが、やがて「まあ、ええやろ」と呟《つぶや》いた。

狩野家に戻ると、諒は二条家の菩提寺《ぼだいじ》の仕事に没頭した。永華の差配でほとんど仕上がっていたが、全体に最後の筆を入れるのは、狩野永諒でなくてはならなかったからだ。

それからひと月後、本堂の改修に伴う襖絵《ふすまえ》は完成した。二条家は元より、九条家からも賞賛の声が出るほど、出来栄えは上々であった。

襖絵に関《かか》わった門弟たちには、三日ばかり休みをやった。そろそろ、洛中《らくちゅう》は祭りの季節だった。暑さが増して来るほど、夜は涼を求める人々で賑《にぎ》わい、町も浮かれ始めている。ずっと工房に籠《こも》って作業していた彼等にも、外の空気を吸わせてやりたかった。

その休みの間に事件は起こった。冬信と仙之丞が屋敷を出たきり、夜になっても戻らなかったのだ。

不安がる諒に、永華はにやっと笑ってこう言った。

「心配せんかてええ。冬信かて大人や。仙之丞に宮川町辺りに連れて行かれたんやろ」

宮川町は遊女町だった。

ところが、翌日の昼下がりのことだ。

「永諒先生に、用があるてお人が来てはります」

弟子が永諒を呼びに来た。

「誰や」と尋ねると、大黒屋の使いの者だと言う。「大黒屋」と聞いて、諒と永華は顔を見合わせる。

表に出てみると、鋭い目をした一見遊び人風の男が待っていた。その後ろには、仰々しく駕籠《かご》が控えている。

「主人の孝右衛門が、永諒先生に頼みたいことがあるて言うてます。一緒に来て貰《もら》えまへんやろか」

腰を低くし、猫撫声《ねこなでごえ》で男は言った。

「頼み事があるんやったら、そっちから出向いて来るのが礼儀てもんやろ」

永華が男の前に立ちはだかる。

「断るて言うたら？」

諒が尋ねた。

「あんさんところの若いお弟子と、仙之丞。この二人を無事に返して欲しければ、大人しゅうに駕籠に乗った方がええんと違いますやろか」

男はちらりと上目使いで諒を見た。

「二人をどないしたんやっ」

永華の血相が変わった。

男は不敵な笑みを見せる。

「客人として、丁重に扱《あつこ》うてますさかい、安心しておくれやす。せやけど、永諒先生が来てくれへんようなら、二人をどないするかは、孝右衛門さんの胸三寸どす。絵師の命よりも大切な手の指を、一本一本切って送りつけることかて出来ますのやで」

「なんやと……」

永華は男に摑《つか》みかかろうとした。諒は永華を男から引き離す。

「行って来るさかい、お前は待っていてくれ」

諒の言葉に、永華は「あんた一人では行かせられん」と、頑強に言い張る。

「大黒屋は私に用があるんや。冬信と仙之丞は、必ず連れて戻る」

諒は永華を振り切るようにして、駕籠に乗り込んだ。

四条通りを東へ向かい、四条橋を渡る。なおも東へと進むと、祇園社の門前に突き当たった。少し南へ下り、さらに東山の山中を登って行くと、やがて大黒屋の別邸が現れた。近くに寺が幾つかあるが、人家はほとんど無い。

すでに日暮れも近かった。東山の中腹にあるその屋敷からは、樹木の間を透かして、京の町が一望出来た。夏の暑さを凌《しの》ぐには、絶好の場所なのだろう。

薄青い闇《やみ》の中で、蠟燭《ろうそく》の明かりがあちこちで揺れている。人声も無い。その深い静寂が、どこか空恐ろしかった。

諒は孝右衛門がいるという座敷へ案内された。蠟燭が明々と灯《とも》されたその部屋に入ると、恰幅《かっぷく》の良い男が待っていた。

諒は男の顔を見た。その途端、頭を強く殴られたような気がして、足がその場から動かなくなった。

男は孝一郎に似ていた。ただ孝一郎よりも、もっと線の太い顔立ちだ。五十歳代の後半といった年齢が深い皺《しわ》を幾本も刻んでいるが、それは確かに諒の知っている顔だった。

あの日、昼寝から目覚めた諒は、母が見知らぬ男に組み伏せられているのを見た。

（あの時も……）

血溜《ちだ》まりの中に倒れていた両親の姿を見て、悲鳴を上げかけた諒の口を塞《ふさ》いだ男だ。男は、目の前の光景を、ただの夢だと諒に思い込ませようとした。

「あなたを知っています」

しだいに激しくなる動悸《どうき》を無理やり抑え込んで、諒は男に言った。

「『大黒屋』孝右衛門、あなたは、母と関《かか》わりがあった」

「てっきり、忘れたんやと思うてました」

孝右衛門は小さく笑った。

「父と母が亡くなった時、あなたはあの場所にいた」

「確かに、あんさんの母親のお瑶とわての間には、男と女の関わりがおました」

孝右衛門は諒に座るように言うと、おもむろに話し始めた。

「菊菱屋へは、よう行ってましたさかい、お瑶のことはすぐに目に止まりましてな」

一目で気に入った孝右衛門は、お瑶に自分の女になるよう口説いた。

「町絵師の女房になって苦労してましたさかいな。亭主と別れて、わての妾《めかけ》になれて言いましたんや。わてやったら、どないな贅沢もさせてやれる……」

だが、お瑶は決して承知しなかった。

「わては『炉香会』の旦那衆《だんなしゆう》の間で、結構顔が利きましてな。栄舟の絵を買わせんようにすることかて、できましたんや」

「炉香会」を仕切っていたのは唐船屋宗太夫であったが、他の大店《おおだな》と言われる店の中には、大黒屋の金に頼る者も多かったのだろう。孝右衛門の力で、栄舟は収入の道を断たれた。生活は益々困窮する。

「お瑶が、とうとうわてに泣きついて来ましてな」

――栄舟にとって、絵は命そのものなんどす。絵師の道を断たれたら、あの人は死人同然や。うちと一緒になるために、栄舟は狩野を捨てた。うちのせいで、栄舟を死なせる訳には行かしまへんのや――

「せやさかい、わてはお瑶にこう言うた」

――わてかて、何も鬼やない。あんさんが、一度でええさかい、わての女になるんやったら、幾らでも栄舟を生かしたる――

――ほんまに、一度きり、なんどすな――

お瑶は何度も孝右衛門に念を押した。

たった一度、目を瞑《つぶ》って言いなりになれば、閉ざされていた栄舟の道は開ける……。

お瑶はそう思い、覚悟を決めたのだろう。

秘密は漏れない筈《はず》だった。諒が昼寝から目覚めさえしなければ……。

――わしは自分が情けない。わしが不甲斐《ふがい》ないばかりに、あないな男に、女房を……

――

肩を落とし、項《うなだ》垂れていた栄舟の姿が、諒の脳裏にまざまざと蘇《よみがえ》って来る。

そんな栄舟に、お瑶は離縁してくれ、と、涙を流しながら懇願していた。

「あの時、あなたもいた筈や」

諒は胸が煮えたぎるのを抑えながら、強い口調で言い放った。

「私の父と母に、いったい何をしたんやっ」

すると、孝右衛門は飄々《ひょうひょう》とした態度でこう言った。

「確かに、お瑶があんさんを寝かしつけに行った後、わてはあの家に行きました」

孝右衛門は栄舟に言った。

――お瑶を離縁しはったらどうどす？　どうせ、一度は不貞を働いた女どすえ。あんさんかて、面目《めんぼく》てもんがおますやろ――

――何もかも、お前が仕組んだことやろ。わしの絵が売れんのも……――

――あんさんの絵が売れへんのは、腕が悪いからと違いますか？――

――なんやてっ――

「栄舟はんは、えらい怒り出さはりましてなあ。わては宥《なだ》めよう、て思いましたんや」

――あんさんを絵師として生かすためなら、どないなことかてする、て言うたんは、お瑶の方どすえ。わてはお瑶を抱いた。その代わり、「炉香会」であんさんの絵は売れるようになった。それだけやない。大黒屋と取引のある大店を、栄舟の贔屓客《ひいきぎゃく》にすることかてできますえ。ただし、あんさんがお瑶と別れるんやったら、の話どすけどな――

――離縁させた後、お瑶を妾にでもするんやろ――

――そのつもりどす。あないなええ女は、そうそういてしまへんさかい――

孝右衛門は、どこか楽しげな様子で、諒の顔を窺っている。諒はなんとか冷静になろうと努めた。結局、この男は本当のことを言っているのだろうか？

「言うときますけどな。先に包丁を持ち出したんは、お瑶どすえ」

しばらく沈黙した後、いきなり孝右衛門は言った。

「栄舟と話しているところに、包丁を持って現れましてな。わてを殺そうとしましたんや」

驚いた栄舟がそれを止めようとした。二人は揉《も》み合い、お瑶の包丁が、栄舟の胸に突き刺さった。

「己の手で亭主を殺したんや。お瑶は半狂乱になりましてなあ。とうとう包丁で自分の首を……」

「いやはや」と、孝右衛門はかぶりを振った。

「それは、恐ろしい光景でおました」

　という声が、それほどにには感じられない。

「その場にいたのなら、母を止めることぐらいはできた筈や」

「あんさん」と、孝右衛門は憐《あわ》れむような目を諒に向ける。

「亭主を殺した女が、死罪を免れる筈はおへんやろ。ここは死なせてやるのんが、
　情けてもんどす」

　そう言うと、孝右衛門はさらにこう言った。

「これが、あんさんの親の、夫婦心中の顚末《てんまつ》どすわ」

　当事者でありながら、他人事《ひとごと》のような口ぶりだ。

「その話を、私に信じろというのか？」

「あんさんの好きにしはったらよろし。いずれにしても、もう終わった事どすさかい。

今さら、真実がどうこう言うたかて、どないしようもおへんやろ」

　悔しいが、孝右衛門の言う通りであった。

「あんさんを見ていると、お瑶を思い出します。ほんまにようずてはりますなあ」

　孝右衛門はどこか芝居じみた様子で、着物の袖《そで》を目元に押し当てる。

「これ以上、あなたの顔を見ていたくはない。用とはなんですか？　何をすれば冬信

と仙之丞を返してくれるのですか」

「わての頼みを聞いてくれはるんやったら、すぐにでも返して差し上げます」

さっきまでのしんみりとした様子はどこへやら、孝右衛門はさっと立ち上がると、背後の襖を開いた。

蠟燭《ろうそく》の明かりで、そこにある物が照らし出された。屛風《びょうぶ》だ。六扇《ろくせん》を繋《つな》いだ左隻《させき》と右隻が揃《そろ》って一双と言う。しかし、これは四扇を繋げただけの四曲屛風《よんきょくびょうぶ》だった。

「なぜ、この絵が、ここに……」

と言ったきり、諒は言葉を失ってしまった。

「覚えてはるようどすな。あんさんが五歳の時に描いた、あの襖絵を……」

父母の流した血潮を絵具に、諒が自らの手を使って描いた、芍薬《しゃくやく》の花……。それは、襖二枚に描いたものだった。仕立て直せば、目の前の屛風の大きさになるだろう。

「宗太夫は、供養のため、寺で燃やしたと……」

「とんでもない。五歳の子が親の血で描いた襖絵があるて聞いて、わてはどうしても、それが欲しゅうなった。唐船屋が檀家《だんか》をしている寺で見つけましてな。大金を寄進して、こっそりと譲って貰《もら》いましたんや」

孝右衛門は、その襖絵を屛風に仕立てた。

「この世に二つとない屏風絵どす。こない珍しいもんを持っているのは、おそらく、わてぐらいやおまへんか」

孝右衛門は自慢げに胸をそらせた。

「ただ、この屏風には欠けているものがおます」

孝右衛門は諒の顔をじっと見た。

「落款《らっかん》がおまへん」

「まさか、これに私の名を入れろて言うのか」

諒は思わず声を上げていた。

「絵師が自分の描いたもんに、落款を入れるのは当たり前の話や。この屏風に狩野永諒の名を入れる。ほしたら、屏風の価値はさらに上がる。本当にこれが血染めの屏風かどうか、人は疑いの目で見ますさかいな」

墨や絵具で似せれば、それらしい色は確かに出せる。

「狩野永諒の名が入れば、これがほんまもんやて証《あかし》になる」

すっかり呆《あき》れて声も出ないでいる諒の前で、孝右衛門は滔々《とうとう》と話し続けた。

「これまで待っていた甲斐《かい》がありました。まさか、狩野家の六代目を継いだ狩野永諒が、あの時の幼子やったとは、さすがに思いもせえへんかった。『炉香会』で、『湖舟』て絵師の絵を見せられた時、なんや気になりましてな。唐船屋の女主人に問うたんどすが、なかなか口を割らしまへん。それが同じ人物やて分かった時は、もうおかしゅうて、笑いが止まらんようになってしもうて……」

「なぜ、『湖舟』が栄舟の子やて分かったんや」

怒りが身体《からだ》の奥底から湧《わ》いて来る。いつまでそれを抑えられるのか、諒にも分からない。

「栄舟の絵と描法が似てましたさかいな。これでも、絵の目利きは確かどすねん」

孝右衛門はさらに急《せ》かすように言った。

「さあ、ここはさっさと落款を入れて、屛風絵を完成させておくれやす」

「出来ません」と、諒はきっぱりと断った。

「この絵は、この世にあってはならんもんや。せやから宗太夫は供養しようとした。それを金を積んでまで手に入れた、あなたの心が私には分からへん」

「心なんぞ、どうでもええんや」

そう言うと、孝右衛門はパンと両手を打った。

隣の襖が開いて、どやどやと人が雪崩《なだれ》込んで来る。先頭にいたのは孝一郎だった。

孝一郎の背後にいるのは、彼の遊び仲間というより手下たちなのだろう。冬信と仙之丞は彼等に取り囲まれるようにして立っていた。

「先生っ」

冬信が叫んだ。仙之丞は蒼白《そうはく》な顔で、まるで芝居に出て来る幽鬼そのものだ。殴られたものか、顔には青あざが出来ている。

「二人を丁重に扱っていたのではないのか」

諒は強い口調で、孝右衛門に詰め寄った。

「わては客人を大事にもてなしましたえ。ただ、息子の孝一郎は、わてと違《ちご》うて乱暴者どしてな」

孝右衛門はぬけぬけと言い放つ。

「永諒先生」と、孝一郎が口を開いた。

「親父《おやじ》様の言う通りにしておくれやす。せやなかったら、このお弟子の右手が、手首からばっさり無《の》うなりますえ」

冬信は怯《おび》えたように黙り込んだ。孝一郎に捕らわれてからほぼ丸一日、二人は彼等に散々脅されていたのだろう。

「すんまへん、先生」

仙之丞が泣きそうな声で言った。

「わてのせいで、兄さんまで巻き込んでしもうた」

「そうやない。最初から、この男は私の落款が欲しかったんや」

仙之丞は、孝一郎にとって生きた玩具《おもちゃ》であった。それを永華や永諒に取り上げられた。

当然、彼には面白い話ではない。孝右衛門の願望は、同時に孝一郎の永諒に対する腹いせにもなった。

「分かった。落款を入れる」

諒は孝右衛門に目を向けた。

「そんでええんどす」

孝右衛門は満面に笑みを浮かべて、子供がはしゃぐように再び両手をパンパンと打って見せた。

「ほな、さっそくやって貰いまひょ。誰ぞ、先生に墨と筆を……」

と言いかけた孝右衛門だったが、急に何かを思いついたように、唇の端を歪《ゆが》めて笑った。

「血染めの屏風絵どす。墨や無《の》うて、先生自らの血で書いておくれやす」

蠟燭の明かりに孝右衛門の顔が揺れている。一瞬、ここが地獄に思えた。

「なるほど、それも道理や」

しばらくの間、孝右衛門の顔を見つめてから諒は頷いた。

「これは親の血を、朱の絵具に見立てて描いたもんや。血の落款も悪うない」

「やってくれまっか」

孝右衛門が嬉しそうに言う。

「ただ、血で書いたものは、いずれ色も変われば、滲《にじ》みも広がる」

諒は屏風を指差した。

「私が描いた当初は、もっと鮮やかな色やった。ほんものの顔料やない上に、膠《にかわ》も混ぜてへん。あれから二十六年経《た》ってる。滲みが広がって花の形も崩れて来とる」

蠟燭の灯で見ても、それはよく分かった。花はどす黒く変色し、うす汚い茶色の染みがあちこちに広がっていた。所々、鼠《ねずみ》の喰《く》った痕《あと》まである。

由来を知らない者が見れば、これは捨てられ、燃やされるのを待つばかりの、ただの古屏風に過ぎなかった。

「せやさかい、あんさんの名前がいるて言うてんのや」

孝右衛門は苛《いら》立《だ》ったように声を上げた。

「『狩野永諒』の落款さえ入ったら、これは、誰が何と言おうとあんさんの絵や」

「それやったら、なおさら私の血で名前を入れても無駄やて言うてるんです。やがては、その名前も形を失《うしの》うてしまう」

「ほなら、どないせえて言うんどす？」

「血に膠を混ぜればええんです」

諒は静かに答えた。

「絵具は元々膠を混ぜて使うもんや。血も同じようにしたらええ」

「理屈はよう分かりました」

孝右衛門は不満そうな様子で頷いた。

「後々残ってくれへんと、この屏風の価値はあらしまへん。せやけど、膠なんてもんは、この家にはあらしまへん」

「狩野の家まで取りに行かせて下さい」

諒は懇願した。

「私も絵師です。自分の描いたもんに落款を入れるんやったら、きっちりと入れたい」

「せやけど、あんさんを帰してしもうたら……」

孝右衛門は疑いの眼差《まなざ》しで諒を見る。

「私と仙之丞は残ります。冬信を行かせて下さい。家の者に余計なことはしゃべらんよう、見張りを付けたらええんです。駕籠で往復すれば、途中で逃げることも出来ません」

孝右衛門はそれなら安心だと考えたようだ。

諒は不安そうに自分を見つめている冬信に言った。

「戻って膠を取って来るんや。永華に言えば出してくれる。『すず峯の膠』でないとあかん。必ず永華にそう伝えるんや」

冬信は一瞬、戸惑うような顔をしたが、すぐに「分かりました」と頷いた。

冬信が狩野家に膠を取りに行っている間、諒は孝右衛門に頼んで、一人にして貰った。

目の前にあの芍薬図があった。それは、すでに燃やされ、もはやこの世には無い筈の絵であった。

重なる花弁の一枚一枚が、ひどく小さい。そっと手を押し当ててみると、あの日の朝が、昨日のことのように思い出される。

恐怖と不安と悲しみに、必死に耐えようと描き続けた五歳の自分が、今、たまらなく愛《いと》おしかった。

「よう、残ってくれたな」

そんな言葉が諒の口から零《こぼ》れ落ちた。

この絵には、血の繋《つな》がりこそなかったが、父親として接してくれた栄舟と、母のお瑶の血が混じっている。そこに諒の血が加わることによって、絵は、彼等三人が確かに家族であったことの証となる。

（よう残してくれた）

おかしな話であったが、あの孝右衛門に対して感謝の念すら湧《わ》いていた。あれほど強く感じていた怒りも、いつしかすっかり収まっている。

母親のことがなかったとしても、決して好きにはなれない男ではあったが……。

孝右衛門の話をすべて信じている訳ではなかったが、それでも二人の死の真相のおおよそは分かった。

包丁を持ち出したお瑶は、孝右衛門を殺し、自分も死のうとした。その刃が、栄舟の命を奪うとは思いもしなかっただろう。

栄舟を絵師として生かす。そのことが、お瑶にとって、生きるすべてであっただろうに……。それを思うと、ただ虚《むな》しさだけが、深く深く胸の奥底に沈んで行くような気がした。

栄舟もお瑶も、そして五歳の諒も、もはやこの世にはいない。しかし、あの時描いた絵はここにあった。血染めの芍薬図は、落款を入れることで、二十六年の歳月を経て完成するのだ。

色こそ変わっていたが、触れれば、花はドクドクと息づいているようだった。親の流した血の温《ぬく》もりを、今も彼の手は覚えていた。

（あれが始まりやったんや）

狩野永諒は、あの日から始まった。これは彼の始まりの絵であった。父母の血が生み出し、永博の強い想《おも》いと、夜湖の愛、そして音衣の命が、「狩野永諒」という一人の絵師を育て上げたのだ。


夜が明ける頃、冬信が戻って来た。小さな陶器の壺《つぼ》に、諒の頼んだ物が入っていた。

「永華先生が、すぐに溶かしてくれました」

煮え切らない顔で冬信が言った。彼には「すず峯の膠」の意味が分からないのだ。

諒が落款を入れると、満足したのか、孝右衛門はあっさりと彼らを解放してくれた。

すっかり明るくなった山道を、三人は下って行った。その道すがら、諒は二人から、孝一郎に捕られた時の事を聞いた。

芝居を楽しんだ冬信と仙之丞は、菊菱屋で食事を済ませ、屋敷に戻ろうとしていた。ところが、四条橋に差しかかった時、数人の男たちが現れ、前方と後方から挟み込むようにして二人を取り囲んだのだ。その中に孝一郎がいた。

「孝一郎は、仙之丞と私について来るように言ったのです。仙之丞は断りましたが、男の一人が匕首《あいくち》を持っていたのです」

仙之丞は抵抗した。せめて冬信は帰してやってくれと懇願した。顔を殴られたのは、その時だ。

「顔は役者の命や。冬信のためにすまんかったな」

諒が詫《わ》びると、仙之丞はかぶりを振った。

「わてはもう役者やおへん。これでも絵師のつもりです。兄さんのために、顔の一つ二つ殴られたかて、どうってことはあらしまへん」

そう言って笑った顔が、どこか誇らしそうだった。

「それにしても、これでは孝右衛門の意のままです」

冬信は自分たちのせいで諒が孝右衛門の望みを叶《かな》えたことを、まだ悔やんでいるのだ。

「そうでもない」

諒は小さく笑った。

「永華は、『すず峯の膠』を渡してくれたんやろ。せやったら上手《うま》く行く」

「先生」と、冬信の足が止まった。

「あれはどう見ても、ただの膠ではありません。永華先生は、何やら銀色の箔《はく》を溶かした物を膠に混ぜていました」

「錫《すず》や」

諒の言葉に、二人は驚きと疑問が綯《な》い交《ま》ぜになったような顔になる。

「溶かした錫は、寒うなると小さな粒の塊になって剝《は》がれてしまうそうや。あの落款が持つのは、せいぜい冬までやろ。春には無《の》うなっとる。少しは残ったとしても、もはや落款とは言えん」

諒は声を上げて笑った。冬信と仙之丞も釣られたように笑い出した。

笑っていると涙が溢《あふ》れそうになった。哀《かな》しいからではなかった。やっと何か重い物から解放された、そんな気分だったのだ。

左の掌《てのひら》の傷がじわじわと痛む。血の落款を入れるために切った傷だ。その痛みさえも、今の諒には心地良かった。

狩野の家に辿《たど》りつくと、永華がすぐに迎えに出て来た。目が赤い。一晩中、起きていたのだろう。

「どうやった、『すず峯』は……」

永華はさっそく尋ねて来る。

「質のええ膠やったわ。二度と使いとうはないが」、と諒は答えた。


その日の夕刻、東山の一画で火事が起こった。燃えたのは、大黒屋の別邸であった。

孝右衛門がその火事で焼死したことを諒が聞いたのは、さらに二日後のことだった。

火事の折、父親と別邸にいた孝一郎が、気が触れたとの噂《うわさ》が広まっていたのだ。

孝一郎は、孝右衛門の最後を目の当たりにしたという。

孝右衛門は、諒の芍薬図の屏風を眺めていた。その時、どこからか毬《まり》が転がって来て、傍らにあった燭台《しょくだい》の脚に当たった。倒れた蠟燭の炎が屏風に触れ、たちまち火が燃え上がった。

慌てた孝右衛門は逃げようとして、毬に足を取られた。転んだ所に、屏風が抑えつけるように被《かぶ》さって来た……。

しかし、誰も孝一郎の毬の話を信じる者はいなかった。第一、毬が当たったぐらいで、燭台が倒れるとも思えない。

——ほんまや。毬が転がって来たんや。毬が親父様を殺したんや。毬や、赤い毬や

——

その話を諒に語ってくれたのは、仙之丞だった。

「あの肩で風を切って歩いていた男が、今では家の奥に引っ込んで、『赤い毬が、赤い毬が』て呟くだけなんやそうどす。無法な事ばっかりやってたさかい、天罰が当ったんやて、皆は言うてます」

それは、ちょっとした怪談話になっているようだった。

その夜、諒は画室に入ると、音衣の毬を手に取った。

(孝右衛門の命を奪うたのは、この毬なんやろうか)

なんとなくそんな気がした。

(音衣が、したことなんやろうか)

音衣は今でもここにいて、自分を見守っているのだろうか……。

その時、永華から毬を受け取った時のことが、改めて思い出された。

——渡せば分かるて言うてた——

永華は音衣の言葉を諒に伝えた。

――人の心の分からん冷たい人やけど、毬を見ればきっと分かる……――

（きっと、分かる……）

分かるのは、音衣の心……。

「分かった」

思わず声が出た。胸を何かで突かれた気がした。

それは、らぴす瑠璃《るり》の隠し場所であった。

其の十六

七月に入り、その月の扇御用を終えた頃《ころ》、諒は九条時胤の屋敷に呼ばれた。内密の話があると言うのだ。

書院造りの自室に諒を招いて、時胤は言った。

「狩野家に、らぴす瑠璃《るり》という輝石《きせき》があるのは、まことか？」

諒は思わず声を失っていた。山楽の瑠璃の話を、まさか時胤の口から聞くことになるとは、思ってもみなかったからだ。

「豊臣家にあった朝鮮渡りの『らぴす瑠璃』を、大坂城が落ちる際、京の狩野家の初代山楽が命がけで持ち出した、と聞いてはおりますが……」

「ならば、あるのじゃな」

「代々、京の狩野家の蔵で、大切に守って参りました」

「実に珍しい石じゃそうな」

「遠い西域《せいいき》でしか取れぬとか。そこでは今も戦乱が続き、もはや、らぴす瑠璃を掘ることも叶《かな》わないと聞いております」

「それほど貴重な宝の石が、一絵師の家にあるのは、おかしいのではないか」

時胤は訝《いぶか》しそうな顔になる。

「その話が真実ならば、山楽は豊臣の宝を奪ったことになる」

時胤はふむと頷《うなず》き、閉じた扇の先を自分の頬《ほお》に当て、何かを考え始めた。

視線の先は庭先の樹木に向けられている。青葉が形の良い庭石の上に、濃紺の影を落として揺れていた。百日紅《さるすべり》の花房の濃い紅色が、目に染みて鮮やかだ。だが、時胤の目は、それらを一切見てはいないようだった。

「この話は、武家伝奏《ぶけてんそう》によってもたらされたものじゃ」

武家伝奏は幕府と禁裏の間を取り次ぐ役割を担っている、京から江戸へ下向する勅使であった。

「幕府側から真実を明らかにするよう求めて来たのじゃ。まことに豊臣家の宝ならば、将軍家に納めるのが筋というもの」

「恐れながら申し上げます。我ら絵師にとって、らぴす瑠璃は宝の石ではなく、絵具にございます」

諒は強い口ぶりでそう言った。

「なんと、宝をただの絵具じゃというのか？」

「いかにも。らぴす瑠璃は、この上なく美しい群青色《ぐんじょういろ》を出す、岩絵具になる運命《さだめ》の石にございます」

時胤は驚きの声を上げ、それから笑い出していた。

「愉快じゃな。絵師どもにかかれば、どんな宝も形無《かたな》しじゃ。色が美しければ、なんでも絵具としか考えぬ。それが、金や銀に換わることなど考えもせぬのじゃな」

「いえ、金や銀も、箔《はく》や砂子《すなご》、金泥《きんでい》となれば、立派な岩絵具にございます」

「そなたの言い分はよう分かった」

時胤はひとしきり笑うと、再び真顔になった。

「しかし、どうやって徳川家治《いえはる》殿を説得すれば良いのか。らぴす瑠璃は絵具の材料にすると言うても納得はするまい。渡さねば、そなたの閉門蟄居《ちっきょ》どころか、京の狩野家のお取り潰《つぶ》しも考えられる。元々、江戸には本流の狩野家が存在する。代々幕府の御抱えで、将軍御目見《おめみ》えも許されておる。向こうからすれば、弟子筋の狩野家など無《の》うなっても構わぬのじゃろう」

将軍に山楽の瑠璃の話を直々にしたのは、江戸の狩野家なのかも知れない、ふと、そんな考えが諒の頭をよぎった。

「私は絵師にございます」

諒は口を開いた。

「らぴす瑠璃は絵具にございます。山楽があの瑠璃を燃える城から持ち出したのも、岩群青として使うためにございました」

「では、屛風絵《びょうぶえ》でも描いて見せるつもりか？」

「はい」と、諒は頷いた。

「宝の石で描く、宝ともなるべき絵をご覧にいれます」

諒はきっぱりと言い切った。それでも、時胤の眉間《みけん》には、不安の色が漂っている。

「家治を納得させられるだけのものが描けるのか。間に立つ私の顔を潰されては、かなわぬからのう」

「この永諒、全身全霊を込めて努める所存にございます」

「宝の石で描かれる絵。まさに宝の中の宝でなくては……」

「承知しております」

諒は平伏した。衣《きぬ》ずれの音がして、時胤が近寄って来るのが分かった。扇の先が諒の肩に軽く押し付けられる。

「江戸者に京の力を見せてやれ。家治の開いた口が容易には閉じぬように」

そう囁《ささや》いてから、時胤は「よいな」と、念を押した。


九条邸を出た諒は、その足で唐船屋に寄った。さっそく縋《すが》りついて来る美生を抱き上げてやった。美生はその手に新しい毬《まり》を持っていた。

「あの毬がどこぞへ行ってしもうて。新しい毬を買《こ》うてやったんどす」

夜湖が笑顔で言った。

諒は美生の頭を撫《な》でてやる。音衣の毬は、千代菊の庭で発見された時から、ずっと諒の許《もと》にある。

諒は永徳の画讃《がさん》を思い出した。

天に日も月も星も無く、地に草木も花も無い。ただ広がるのは群青の闇《やみ》ばかり……。

その闇を輝かせるのは、狂神の力だ、と永徳は言った。

天賦《てんぷ》の画才に恵まれた絵師だけが、狂神を見るのかも知れぬ、と永博は言った。

(いや、違う)

と、諒は思う。

おそらく、その狂神こそが……。

画室に入ると、諒は筆を取った。紙に向かい、永徳の画讃をしたためた。

——天無日月星、地無草木花、惟在群青闇、我見狂神舞——

来年の春、家治公が上洛《じょうらく》するという。その折、諒の絵は二条城において、披露されることになった。

二条城の襖絵《ふすまえ》や天井画は、かつて狩野探幽の差配の許、狩野派一門が手掛けたものだ。絵師十一名のうち、八名が探幽の血縁だが、残る三名は山楽を始めとする門人であった。

大掛かりになった分、失敗すれば京の狩野家は潰されてしまうかも知れない。それでも、諒にとっては願ってもない晴れ舞台であった。

(将軍を納得させるだけの絵が、果たして描けるのだろうか)

不安が無い訳ではない。永徳が欲した『らぴす瑠璃』を、山楽は生命をかけて守り、子孫に委《ゆだ》ねた。娘婿の山雪から、永納、永敬、そして永博と続く中で、瑠璃はついに岩群青へと姿を変えるのだ。

それを受け継いだ永諒の代になって初めて、らぴす瑠璃の岩群青は日の目を見ようとしている。

(私に、あれが描けるのだろうか)

描く物はすでに決まっていた。永徳が描こうとしていた、群青の闇の中から現れる虎《とら》の図だ。

両親の亡くなった日、諒は確かに地獄を見た。その地獄を、彼は美しい芍薬《しゃくやく》の花に変えた。そうすることで、地獄の光景を己の心の奥に封印したのだ。

親の血で描いた芍薬図は、もはやこの世から完全に消えた。それでも、脳裏に描き込まれた地獄は、生涯、諒の記憶の中に生き続けるだろう。

それらをすべて飲み込んで、なおも生き続けようと思うなら、高みを目指して昇り続けるしかないのだ。

(今なら、描けるかも知れない)

そう思った。永徳ばかりか、多くの絵師たちが描こうとして叶わなかった、輝く群青の闇と、そして、狂神の姿を……。

諒は屋敷に戻ると、永華と冬信を画室に呼び、九条時胤と交わした会話を二人に伝えた。

「江戸の狩野家の嫌がらせや。奴《やつ》ら、将軍にまで注進しよったんか」

永華は怒りを露《あら》わにして言った。

「私のせいです」

冬信が頭《こうべ》を垂れた。すでに泣き声になっている。

「私が江戸に文を送ったからです。こんなことなら、『分からない』ではなく、はっきりと、『らぴす瑠璃など無い』、と書けば良かったのです」

「やっぱり、お前は間者《かんじゃ》やったんやな。それで諒の側《そば》を離れようとせんかったんや」

永華の手が冬信の胸元を摑《つか》む。

「そのへんにしておけ」

諒は永華を宥《なだ》めた。

「江戸は最初から、らぴす瑠璃も永徳の画讃も、京の狩野家にあることを知っていたんや。永徳の子孫や弟子の間で、言い伝えられて来たんやろう。ただ、確たる証拠が無かった。永博先生ですら、実際に目にするまでは、ただの言い伝えやて思うとったたぐらいや」

「その確証が欲しゅうて、音衣との縁談を持ち出したり、冬信を間者にして送り込んだりしたんやな」

永華は苦い顔になる。

「その挙げ句、冬信では埒《らち》が明かんと分かって、幕府の名で脅しをかけて来た」

吐き捨てるように言って、永華はじろりと冬信を睨《にら》んだ。

「山楽以来、京の狩野家は、江戸の狩野家とは関《かか》わりを持たずに来た。同じ『狩野』を名乗りながら、独立した一流派として存続していることが、江戸にとっては面白うないんやろ。そんな京の狩野家に、永徳に縁のある宝が残っているんや。取り戻したいと躍起になる気持ちも分からんでもない」

ふんと永華は鼻を鳴らした。

「らぴす瑠璃を公にしてしもうたら、将軍家に取り上げられるだけや。せやけど、江戸の狩野家に渡るぐらいなら、いっそ将軍様に献上した方がせいせいするわ」

「江戸もそう考えたんやろ。永徳の画讃と山楽のらぴす瑠璃は、京の狩野家の誇りその物や。それを奪えるなら、瑠璃が将軍家に渡ることも覚悟の上なんや」

「それで、どないする気や」

永華は不安そうに諒に尋ねた。

「肝心のらぴす瑠璃が見つかってへんのやろ。瑠璃を岩群青にして屏風絵を描く、ていうても、らぴすが無いことには……」

「それが、あったんや」

諒はそう言って腰を上げた。床の間の棚の戸袋を開け、中から取り出した物を、諒は二人の前に置いた。

赤い紅絹《もみ》で丁寧に包まれたそれは、まるで真新しい毬のように見える。

諒はその紅絹を丁寧に剝《は》いだ。すると、真っ白な真綿に抱かれて、深い青みのある石が現れたのだ。それはまるで長い眠りから覚めたように、灯火の明かりに照り映《は》えて輝いている。

冬信が、啞然《あぜん》としながら言った。

「これです。私が見た瑠璃は……」

しばらく声を失っていた永華が、その言葉を聞き咎《とが》めて言った。

「待て。なんでお前が知ってんのや。この俺《おれ》も見たことがあらへんのに」

冬信は救いを求めるように諒を見る。

「その話は後や。蔵にあったらぴす瑠璃を、他の場所に移したんは音衣やった」

「せやけど、隠し場所はあんたにも分からんかった筈《はず》や」

永華は怪訝《けげん》な顔を諒に向ける。

「音衣の毬が教えてくれた」

諒は二人に話して聞かせた。

子供の頃、音衣はわざと毬を隠して諒に探させた。結局、見つかったのは、あの土地神の祠《ほこら》だった。

「ああ、あの庭の隅にある……」

永華は思い出したように頷いた。

「庭木の枝が伸び放題で、草にも埋もれてた、あの祠か」

「昔から、音衣は自分の大事な物を、あの祠に隠す癖があったんや」

音衣の毬を見ていて、諒はやっと隠し場所を思い出した。

「音衣の言うた通り、毬を見れば分かったんや。すぐに気が付かんかった私が悪い。冷たい男やて言われても仕方があらへん」

諒はそう言って自嘲《じちょう》した。

「子供の時のことなんぞ、そうそう覚えてられへん」

慰めるように永華が言う。

「祠の床の板が腐りかけててな。すぐに外れるようになってたんや。音衣はその下に穴を掘って、らぴす瑠璃を埋めた。真綿で包《くる》み、紅絹で包んで、さらにしっかりと油紙で覆ってあった」

「あんたにしか、分からへん場所やったんやな」

しみじみとした口ぶりで永華は言った。

「時胤様とは話をつけてある。山楽のらぴす瑠璃で作った岩群青で、屏風絵を一双描くことになった。宝の石を砕いた絵具で描くんや。宝以上の宝にしてみせる」

「後には引けん、か」

永華は両手でバンっと自分の膝《ひざ》を叩《たた》いた。

「京の狩野家の存亡が掛かった大仕事や」

「私も……」、と、その時、冬信が身を乗り出して来た。

「私も手伝わせて下さい。どうかお願いします」

冬信は両手をつくと、額を畳にこすりつけるようにして言った。

「お前は江戸に戻るんや」

今の諒には、心とは裏腹の言葉を口にするしかない。

冬信の顔が歪《ゆが》んだ。冬信は再び諒の前に頭を下げた。

「お許しいただけないのは、重々承知しております。ですが、せめてものお詫《わ》びに、微力ながら私の力を使っていただきたいのです」

「そうやあらへん」

　永華が諭すように言った。

「今の京の狩野家は、沈みかけとる船や。沈むかも知れん船に、一緒に乗らんかてえぇ。お前には江戸の狩野家という立派な船があるやろ。お前ほどの才のある絵師は、江戸も手放さへんさかい」

　冬信は顔を上げた。真剣な眼差《まなざ》しが、諒と永華の間を行き来する。

　背筋を伸ばすと、冬信は断固とした口ぶりで言った。

「京の狩野家は、沈んだりはいたしません。永諒先生と永華先生、それに、この私の力が加われば、どんな荒海でもきっと乗り越えられます」

　それは、おそらく空元気《からげんき》であったろう。膝の上で握り締めた冬信の拳《こぶし》が、ぶるぶると震えている。

　冬信は充分、事の重大さを知っていた。京の狩野家の命運を賭《か》けた画事に関わることを、仕掛けた江戸側は、決して良しとはしないだろう。

「私は、もうお前を守ってやれんのや」

冬信の気持ちは嬉《うれ》しかったが、その将来を思うと、どうしても巻き添えには出来なかった。

諒の心は冬信に伝わったようだ。冬信は無言になると、その視線を畳に落とした。

「そんでええんや」、と永華がしんみりとした口ぶりで言った。

「お前は本当にようやってくれた。ここで引いたかて、誰も恨むもんはいてへん」

だが、冬信は再び視線を諒に向けて、こう言ったのだ。

「私が守ります」

静かだが、その声音の力強さに諒は思わず息を飲んでいた。

「私が先生を守ります。どうか私を信じて下さい」

「守る、て。お前、意味が分かって言うてんのか？　場合によっては、狩野派の絵師としてやって行けんかも知れんのやぞ」

永華が諭すように言った。

「意味など分かりませんっ」

冬信はきっぱりと言い切った。

「私は京の狩野家の絵師です。江戸が挑んで来るのなら、受けて立つのは当たり前でしょう。絵師は望まれた絵を描くだけです。江戸の狩野家にも負けない、いえ、それ以上の絵を、京の狩野家が描けば良いのです」

永華が惚《ほう》けたように冬信の顔を見つめていた。諒もしばらくの間、何も言えずにいた。

冬信は頬を紅潮させて二人の顔を交互に見ている。

「お前……、なかなか言うやないか」

やがて永華は呆《あき》れたように笑うと、冬信の肩をぽんと叩いた。

「せや、お前の言う通りや。絵師は面倒なことはなんも考えんと、己の絵を描いたらそんでええんや」

それから視線を諒に向けた。

「諒、諦《あきら》めろ。こいつの頑固なところは、師匠似や」

(まだまだ子供やて思うてた)

諒は胸の内に呟《つぶや》いた。

十五歳で諒の許へ来たこの若い弟子は、三年の歳月を経て、立派に絵師としての気概を身につけていたのだ。

たとえそれが虚勢であっても、絵師には、己を信じて我を貫き通す度胸も必要だった。

「それで、どないな絵にするんや」

さっそく、永華が身を乗り出して来る。

「描くもんは、おおよそ頭の中にある。六曲一双の屏風絵や」

左隻と右隻で一双、つまり、十二面の絵になる。

「その画面で、金地の濃絵《だみえ》ならば、かなりの迫力や」

「金箔を用意しなければなりませんね。狩野家にあるだけでは足りないかも知れません」

冬信の声も張り切っている。

「金泥と銀の箔、金銀の砂子は使う。後は胡粉《ごふん》が大量にいる」

諒は二人の前に永徳の掛け軸を広げた。

「虎図やな」

永華が水墨で描かれた虎を見つめて言った。

「これは、狂神の姿や。『狂』は獣の王。王に相応《ふさわ》しいのは虎だと、永徳は解釈したんや」

それから、諒は画讃を指で示した。

永華は栄舟の書き写した軸を、すでに菊菱屋で見ている。

「群青の闇か。背景は、すべてらぴす瑠璃で彩色するつもりやな」

「それで、画題は？」と、永華は諒に視線を向ける。

「『狂神乱舞図《きょうしんらんぶず》』」

と、諒は答えた。


さっそく、らぴす瑠璃は絵具作りの職人の手に渡された。作業は諒の画室を使うことにした。隣の部屋との境の襖を取り払い、二間続きにした。

紙や必要な絵具類は、冬信が手配した。輸入物の岩絵具は唐船屋に頼んだ。

諒は寝る間を惜しんで下絵の制作に励んだ。胸の辺りが、時折、針で刺されるように痛み、冬信が煎《せん》じてくれる薬湯が欠かせなくなっていた。

広い紙面を埋め付くしたらぴす瑠璃の群青は、深い闇の青色をしていた。粒が細かいので、光を受けると輝きを放つ。混ぜる胡粉の量で、群青から空色の白群《びゃくぐん》までの数段階を作り出した。

「地面はどないするんや」

永華が尋ねる。このままでは空間に虎が浮いてしまう。

「虎の足が着いた場所が、地面や。虎が歩いた所に、草や花が生える。虎が吠《ほ》えれば、その息が風となり、風によって樹木が芽生える」

「虎は何頭や」

「左隻右隻にそれぞれ一頭ずつ。金の虎は地を舞うように歩き、銀の虎は空を駆け、風を呼ぶ」

すでに夏は去り、徐々に秋めいて来ていた。膠《にかわ》の扱いが難しくなる前に、絵は完成させなくてはならない。期限は、遅くとも十月中旬までだった。

永華と冬信の助けを借りて、絵は少しずつ完成に近づいていた。

金泥を使った虎と、胡粉を盛り上げることで銀色と見まごう虎が、群青の闇の中から飛び出して来るようだった。

草木や花々も描いてはあるが、らぴす瑠璃の群青で表面を覆うことで、あまり前面には出て来ないようにした。闇に沈みながらも、なおも芳香を放つような花々は、透明感を持つ、らぴす瑠璃の特性を生かしたものだ。

日を追うごとに、諒は頻繁に起こる胸の痛みと戦わねばならなくなった。さすがに夜湖が異変に気づき、諒を強引に医者に診《み》せた。

「これからは、うちが薬を作ります」

夜湖が邪険な口調で冬信に言い放っていた。

「一番弟子やったら、真っ先にうちに言うのが筋どすやろ」

夫の病を知らされなかった不満と怒りが、夜湖の中には燻《くすぶ》っている。

「諒に口止めされてたんや」

永華が庇《かば》ったので、今度は矛先が彼に向いた。

「あんさんもあんさんや。あの人の身体《からだ》が心配やったら、なんで絵なんぞ描かしてはるんや」

「諒の肩には、狩野家の存亡が掛かっとる」

「狩野家とあの人の命と、どちらが大事なんどすか」

「京の狩野家を、永博先生がどないな思いで守って来たか、あんたかて知っている筈や。それを思うたら、諒に狩野家が見捨てられる筈がないやろ」

廊下を隔てた部屋で休んでいる諒の許まで、二人の会話は聞こえて来た。永華の言葉に夜湖は返答に窮したのか、急に静かになった。

「薬が苦《にご》うなったな」

夜湖が持って来た薬湯に、思わず文句が出た。

「子供みたいなことを」、と夜湖は呆れ顔になる。

「痛みを止めるお薬を調合してあるそうどす。ただ、強いお薬なので、分量はきっちり守らなあきまへん。冬信には任せられへんさかい、うちが作ってます」

「冬信を責めるな。永華もだ。彼らがいてくれて私は本当に助かっている。お前に知らせなかったのは、余計な心配をさせたくなかったからだ」

「それでも、言うて欲しゅうおした。うちは諒さんの妻どすえ」

夜湖は涙声になった。目が濡《ぬ》れている。

「お前は綺麗《きれい》やなあ」

諒は夜湖の頬に手を当てた。

「せやったら、なんでうちの絵は描いてくれへんのどすか。音衣様の絵は描かはったのに」

音衣の絵……。

「ああ、『桃花女人図』か。冬信と競うた時の絵やな」

だが、あれは九条家に渡った筈だ。

「表具師の所に出された折に見せて貰《もら》いました。手毬を持った女人の絵、あれは音衣様だと、すぐに分かりました」

諒さんの心も、その時に……。

夜湖は言いかけて口を噤《つぐ》んだ。

「私の絵には心が現れる、か。お前には隠し事は出来へんな」

と、諒は笑った。

師走《しわす》の声を聞く頃、表具師の許から屛風絵が戻って来た。二条城での披露を控え、狩野家の座敷に、一双の屛風絵が広げられた。

その場には九条時胤も招待した。

時胤は両目を剝《む》くと、うーんと唸《うな》って黙り込み、何度も大きく頷いた。

やがて、時胤は左隻の左下に書かれた画讃に目を止めた。そこには狩野永諒の落款《らっかん》と共に、五言の四行詩が二つ並んで書かれていた。

「天無日月星、地無草木花、惟在群青闇、我見狂神舞。なるほど、狂神は虎か。確かに、優美でしなやかな身体といい、猛々《たけだけ》しい力強さといい、獣の王たるに相応《ふさわ》しい姿じゃな」

「最初の画讃は、狩野永徳の書いた物です。おそらく、この虎図は、永徳が描きたかったものではないかと思います」

「代わりにそなたが描いたと申すのか？」

「輝く群青の闇に、狂神を見る。それが絵師の境地であるとか。確かに、京の狩野家に永徳殿の血は入ってはおりません。なれど、絵師の魂は、私どもの狩野家にも連綿と受け継がれております」

時胤は再び屏風に目をやった。

虎は咆哮《ほうこう》を上げ、宙を駆けている。その動きは、まさに乱舞するように生気に満ちたものであった。らぴす瑠璃の群青は深い輝きを湛《たた》え、それは空というよりも、闇そのものだ。

風が巻き起こり、日や月や星が生まれ、そうして、生命が芽生える。その雄大な様に、時胤だけでなく、門弟たちの間からも、歓声とため息が次々に漏れていた。

「これが、闇か……。美しいのう」

時胤が感極まったようにため息をついた。

そこには、天と地があった。昼と夜があり、静があり、動があった。そうして、生と死が互いに支え合い、交差し、離れては再び出会った。

「命とは、かように力強いものか……」

時胤は再び呟く。

「京の狩野家は安泰じゃな」

やがて、時胤が深い吐息と共に言った。

「そなたのような後継者を得て、永博も安心しておることじゃろう」

そう言ってから、時胤はおもむろに、もう一つの画讃を指差した。

「これは、誰《だれ》の詩じゃ」

「私が書いた物です」、と諒は答えた。

「秀吉に絵師の境地を問われ、永徳が答えたのが、最初の詩です。この詩は、私自ら、絵師について答えたものです」

「絵師とは、なんぞや?」

「絵師とは、すなわち……」

絵師には覚悟がいる、と諒は思った。人で無くなる覚悟だ。人を捨てるのではなく、人であることを超える覚悟だ。

餓鬼《がき》のごとく、鬼のごとく、人の心の弱さを抱え、なお強靱《きょうじん》な魂を持つ覚悟だ。

ほどなくして、唐船屋が用意した酒肴《しゅこう》が届き、狩野家を挙げての宴《うたげ》となった。

宴の賑《にぎ》わいを聞きながら、諒は一人、狂神図の前にいた。その手には音衣の毬がある。

「よう助けてくれたな」

たのだ。

音衣に心から礼を言った。

音衣の魂は、この毬に宿り、諒の傍らに寄り添いながら、ずっと見守り続けてくれたのだ。

その時、胸の痛みが一際強くなった気がした。

(ようこの身体を持たせてくれた)

それもこれも、音衣の力だと思った。

諒は目の前の狂神に触れた。草に、花に、木々に触れた。岩絵具の肌はざらりとして冷たかった。

人は闇から生まれ、闇に還《かえ》るという。生まれては死に、再び生まれては、ただひたすら生きて……。その生き抜いた先に迎えてくれる闇は、幾千幾万もの命を湛えて、それは美しい群青に輝いていることだろう。

諒はらぴす瑠璃の闇に手を触れた。突然、闇は柔らかく溶け、中からすっと白い手が伸びて来た。

細い指が諒の手を握り締める。その温《ぬく》もりに懐かしさを感じた。

(これは、音衣の手だ)

そう思った時、闇はさらに深みを増してドクドクと息づき始めたのだ。

そこに諒は音衣の姿を見た。どこか遠くで、諒の名を呼ぶ永華の声が聞こえていた。
夜湖の悲鳴がそれに重なる。
(私を、待っていたんやな、音衣)
今度こそ、共に歩いていける……。
晴れやかな笑みを浮かべた音衣が、今、諒の前にいた。
諒の耳に、闇の鼓動が聞こえていた……。

――惟在群青闇
我欲足狂神
天生日月星
地生草木人――
(ただ群青の闇在りて、我、狂神足らんと欲す。
天に日と月と星を生み、地に草木と人を生む)
「絵師とは何ぞや」
「絵師とは、すなわち、狂神、そのものにございます」

『群青の闇　薄明の絵師』参考文献

◆増補新装カラー版『日本美術史』
辻惟雄　美術出版社刊

◆『京狩野三代生き残りの物語　山楽・山雪・永納と九条幸家』
五十嵐公一　吉川弘文館刊

◆ものと人間の文化史　六十三『絵師』　むしゃこうじ・みのる　法政大学出版局刊

◆『日本画の用具用材』
重政啓治・神彌佐子・星晃・和田雄一　武蔵野美術大学出版局刊

◆図解『日本画用語事典』
平山郁夫・渡邊明義・髙田倭男・田渕俊夫・宮廻正明　東京美術刊

◆別冊太陽 日本のこころ　一三一号「狩野派決定版」
山下裕二　平凡社刊
◆別冊太陽 日本のこころ　一五〇号
「江戸絵画入門 驚くべき奇才たちの時代」　河野元昭　平凡社刊
◆アート・ビギナーズ・コレクション
「もっと知りたい 狩野永徳と京狩野」
成澤勝嗣　東京美術刊
◆『常用 墨場辞典』　前野直彬　小学館刊
◆『京都の歴史〈十〉年表・事典』　林屋辰三郎　學藝書林刊

本書は時代小説文庫（ハルキ文庫）の書き下ろし作品です。

時代小説文庫
み 13-1

群青《ぐんじょう》の闇《やみ》 薄明《はくめい》の絵師《えし》

著者 三好昌子《みよしあきこ》

2019年7月18日第一刷発行

発行者 角川春樹

発行所 株式会社 角川春樹事務所
〒102-0074 東京都千代田区九段南2-1-30 イタリア文化会館

電話 03(3263)5247[編集] 03(3263)5881[営業]

印刷・製本 中央精版印刷株式会社

フォーマット・デザイン&シンボルマーク 芦澤泰偉

ISBN978-4-7584-4276-3 C0193

http://www.kadokawaharuki.co.jp/[営業]
fanmail@kadokawaharuki.co.jp[編集] ご意見・ご感想をお寄せください。